Die Einsicht

Für Frau P.

Sven Wohl

Die Einsicht

*Bibliografische Information der Deutschen National-
bibliothek:*
*Die Deutsche Nationalbibliothek verzeichnet diese
Publikation in der Deutschen Nationalbibliografie;
detaillierte bibliografische Daten sind im Internet
über http://dnb.dnb.de abrufbar.*

Illustration: Sarah Sweers

*Herstellung und Verlag: BoD – Books on Demand,
Norderstedt*

ISBN: 9783735785671

Der Tod hatte nichts Endgültiges an sich. Mittlerweile könnte ich sogar Weltmeister im Sterben sein. Da fiel mir ein, mein letzter Tod lag schon einige Jahre zurück. Mir war das Gefühl dafür ein wenig abhanden gekommen, musste ich zugeben. Zumindest kam es mir so vor, als würde das letzte Sterben schon einige Zeit zurück liegen, dabei tat ich es mindestens alle paar Jahre und ich musste sagen, nach und nach kriegt man auch darin, ob man nun will oder nicht, Übung. Vielleicht findet man sogar Gefallen daran? Meine Stimmung hob sich auf jeden Fall merkbar. Der Kanister war schon beinahe leer, der Strom floss nicht mehr so voll wie zu Beginn und das Plätschern des Benzins, das den Boden benässte, klang nicht mehr so laut. Aber ich hatte meinen Rundgang ja so gut wie abgeschlossen, dann sollte es kein Schaden sein. Mit einem fröhlich klingenden Lied auf den Lippen, von dem ich nicht mehr so genau wusste, woher ich es kannte, schüttete ich den letzten Rest über meiner geliebten Couch aus. Aus dem hellen Grün wurde ein dunklerer, unnatürlicher Ton, womit das gute Stück bei weitem nicht mehr so einladend wirkte. Ein letzter Atemzug, wobei ich versuchte den Geruch des Benzins größtenteils zu verdrängen, bevor ich die Tat auf ein Neues vollbrachte. Schon fast zu schade um das hübsche Haus! Ich hatte es so passend und stilvoll eingerichtet, mit einem besonderen Auge fürs Detail. Eben ganz nach meinem Geschmack. Es überschattete bei weitem die eher biedere Vorstellung von Ästhetik, die im Rest des Ortes vorherrschte. Kopfschütteln. Was für eine Verschwendung! Aber so war eben das Leben, nicht wahr?

Ich schritt rückwärts durch die Hintertür, zückte mein Feuerzeug, ein altes Zippo, und hielt die Flamme, mit einer betont lässigen Geste, die mir im Nachhinein lächerlich erschien, da keiner vor Ort war, um sie zu sehen, an das Ende der Benzinspur. Sofort zuckte meine Hand zurück, denn die Ölspur fing augenblicklich Flammen und das gefräßige Feuer fand seinen Weg in das Haus hinein. Schnellen Ganges entfernte ich mich daraufhin, als es explosionsartig zu Brennen anfing und ich die Hitze in meinem Nacken fühlen konnte. Eine heiße Druckwelle prallte gegen meinen Rücken, als handelte es sich in Wirklichkeit um einen Sprengsatz, der dort gezündet wurde. Fenster gingen lautstark zu Bruch, Holz knackte laut und das Feuer fauchte binnen kürzester Zeit gen Himmel. Das rot-gelbe Licht stellte sich dem spärlichen Schein der Sonne. Sie wagte es, sich gerade über den Horizont zu heben und warf meinen langen Schatten auf den vor mir liegenden Wald. Ich näherte mich meinem neuen Wagen, der zwischen einigen Bäumen auf einem kleinen, schlecht erhaltenen Waldweg stand und sperrte ihn auf, als ich die Sirenen bereits hörte. Ohne eine weitere Sekunde zu verschwenden, setzte ich mich auf den geschmeidigen Ledersitz und startete den Motor. Ich war wieder einmal gestorben. Beim Gedanken an die vollkommene Abwesenheit jeglicher Konsequenzen dessen huschte ein Lächeln über meine Lippen.

Der Wagen raste über den schlechten Waldweg. Sie durften mich nicht finden, auch keine Spur davon, dass ich nicht wirklich tot war. Es war immer wieder erstaunlich für mich, wie ruhig und gewissenhaft ich meinen vermeintlichen Tod jedes Mal vorbereitete und inszenierte. Mittlerweile konnte ich schon behaupten, dass es zur Routine geworden war. Doch immer wieder musste ich feststellen, dass sich kleine Details von Mal zu Mal unterschieden. Aber sobald ich auf der Flucht war, überkam mich eine gewisse Nervosität, die ich einfach nicht loswerden konnte. Sie erschien immer, wie aus dem Nichts! Diese war natürlich vollkommen unnötig, ich hatte alles, wie immer, perfekt vorgeplant und wie immer würde niemand Verdacht schöpfen. Auf der Karte hatte ich bereits den Weg zu meinem neuen Ziel eingezeichnet: Nevrille. Die erste Station in meinem neuen Leben.

Ein kleines, abgelegenes Städtchen. Auf der Karte war es erstaunlich schwer zu finden. Man musste schon wissen, wo man suchen musste und genau deshalb war es so perfekt für das, was ich vorhatte. In dieser Gegend gab es viele solcher Nester, Städtchen, die einem etwas bieten konnten, aber im Großen und

Ganzen nicht die notwendige Größe hatten, um wirklich von Relevanz oder Interesse zu sein. Also die reinste Spielwiese für jemanden wie mich, der alle paar Jahre wieder verschwinden musste. Es würde mich einige Stunden kosten um dort anzukommen, nicht weil es besonders weit weg lag, sondern weil ich immer nur Waldwege und kleinere Straßen nutzte. Das tat dem Wagen zwar nicht sonderlich gut, aber den würde ich sowieso wieder schnell los werden. Der Tod war eben schon immer eine eher kostspielige Angelegenheit gewesen. Solange man es auf eine überzeugende Art und Weise tun wollte, versteht sich. Aber die Erbschaft und das Geld aus den Spekulationsgeschäften hatten bereits vor Jahren dafür gesorgt, dass ich mir darum keine wesentlichen Gedanken mehr machen musste.

Ich bog auf eine etwas bessere Straße ab, die Sonne stand bereits höher am Himmel und blendete mich leicht, weshalb ich meine Sonnenbrille aufsetzte. Aus dem Radio plapperte die Moderatorin mir irgendetwas vor, doch ich hörte ihr nicht zu, verdrängte sie in den Hintergrund. Das Radio war nur an, um mich ein wenig abzulenken und zu unterhalten. Auf der Straße war niemand zu sehen. Es handelte sich wirklich um eine äußerst menschenleere Gegend. Als wäre die Straße gerade erst gebaut worden und niemand hätte bisher von ihr auch nur ansatzweise etwas gehört. Nur selten war ein abgelegenes Haus zu sehen. Die wenigen, die es hier in der Gegend gab, lagen so weit auseinander, dass der Landstrich äußerst verlassen wirkte.

Ich hörte plötzlich eine Sirene kurz aufheulen. Im Rückspiegel erblickte ich einen Polizisten auf einem Motorrad, der mich an den Straßenrand winkte. Kein Grund zur Panik, dachte ich mir und fuhr an den Straßenrand als ich noch abbremste, wobei ich einiges an Staub aufwirbelte. Die Gegend war etwas trockener geworden, den Wald hatte ich schon seit einiger Zeit verlassen. Irgendwie dauerte die Fahrt länger als erwartet. Eine Unebenheit in der Strecke entriss den Wagen kurz meiner Kontrolle. Hektisches Eingreifen verhinderte, dass ich von der Straße abkam, dennoch blieb ich stehen. Meine Hände begannen zu zittern sobald ich den Motor abstellte. „Was war das?", hörte ich meine Stimme sagen. Die Sirene heulte erneut auf.

Das Motorrad hielt hinter mir an. Ich beobachtete wie der Uniformierte, von recht großer Statur und kräftig gebaut, von seiner Maschine stieg. Er trug ebenfalls eine Sonnenbrille und einen typisch weißen Helm, in dem sich die Sonne so stark spiegeln konnte, dass es einen blendete. Mit einer Hand an seiner Waffe, die er auf Hüfthöhe trug, näherte er sich meinem Fenster, das ich sogleich runter kurbelte. Zudem stellte ich das Radio ab.

Das Gesicht des Mannes wirkte ein wenig in die Breite gezogen und die Farbe war, für meinen Geschmack, ein wenig zu rötlich, aber ansonsten wäre der Anblick durchaus zu ertragen gewesen, wäre die Sonne nicht so hell gewesen. Meine Sonnenbrille schien beinahe wirkungslos. Seine war ein gutes Stück größer und der Helm verdeckte einen Großteil seines Gesichtes. Seine Mimik war regungslos. Er schien mir so um die Mitte Dreißig zu sein.

„Guten Morgen, Officer", begrüßte ich ihn.

Er drehte kurz den Kopf nach links zur Straße hin. Für einen Moment wirkte er vollkommen desorientiert, so als wüsste er nicht mehr, was er eigentlich tun wollte.

„Was kann ich für Sie tun, Officer?", fragte ich, als ich merkte, dass er ein wenig abwesend und irritiert zu sein schien. Vielleicht half ihm ja meine übertriebene Höflichkeit auf die Sprünge?

„Papiere", sagte er mit trockener Stimme und fuhr sich mit dem Zeigefinger über das Kinn. Seine eher muffige Art glich meine Höflichkeit gekonnt aus.

Ich nickte und öffnete mein Handschuhfach, worin ich meine Papiere aufbewahrte. Wie hieß ich jetzt noch mal? Ich blickte kurz auf den Ausweis. Kenneth Sullivan. Diesmal bin ich als freischaffender Autor unterwegs, wie exotisch! Ledig, weiter aus dem Norden des Landes kommend. Mittelklasse, wie üblich, der Wagen passte auch dazu. Ich gab dem Officer meine Papiere. Dieser nahm sie entgegen und musterte sie kurz mit einem skeptischen Blick. Nicht, dass ich seine Augen hätte sehen können, aber ich stellte es mir einfach so vor, da er sich so viel Zeit dabei ließ, die Papiere durchzugehen. Er verzog dabei die Mundwinkel.

„Alles in Ordnung, Officer?", fragte ich mit gespielter Besorgnis.

Nach kurzem Zögern gab er mir endlich die Papiere wieder. Ich hatte zwar keine Angst gehabt, dass er diese als Fälschungen erkennen könnte, aber er war mir doch ein wenig suspekt.

„Wohin sind Sie unterwegs? Keine Sorge, es handelt sich hierbei nur um eine dieser Routinefragen."

„Nevrille, Sir. Habe dort beruflich zu tun."

Er steckte sich wie in Zeitlupe eine Zigarette an und zog die Sonnenbrille aus. Seine Augen waren müde.

„Dahin verirren sich nur wenige. Sehr abgelegen. Ein ziemliches Loch, wenn Sie mich fragen."

„Wie meinen, Officer?"

Er schien kurz zu überlegen. Wieder blickte er mit leeren Augen die Straße die Straße hinunter, in die Richtung, aus der ich kam.

„Sie sagten, Sie wären beruflich unterwegs?"

„Ja, sehen Sie, ich versuche gerade, einen neuen Roman zu schreiben und mir fehlt es ein wenig an Inspiration. So ein kleines, abgelegenes Städtchen, das hat doch seinen Charme, oder? Deshalb dachte ich mir, ich könnte dort vielleicht ein wenig auftanken und auf die eine oder andere gute Idee kommen."

Er kniff nur die Augen ein wenig zu. Sein Blick verriet eine gewisse Skepsis, dabei war ich mir so sicher, dass die Geschichte stichhaltig genug sein sollte. Oft genug hatte ich Artikel darüber gelesen, wie Autoren versuchten, während einer Reise schöpferische Energie zu tanken.

„Glauben Sie wirklich, Sie werden in so einem Kaff einen Bestseller schreiben?"

Ich lächelte und nickte.

„Es muss ja nicht gleich ein Bestseller sein. Aber man weiß nie, wo man auf die nötige Inspiration trifft."

Es gab wieder eine Pause, der Polizist zog an seiner Zigarette. Er blickte mir eine kurze Weile in die Augen. Oder er versuchte es wenigstens, denn meine Sonnenbrille hielt ihn davon ab, zu sehen, wohin ich blickte.

„Mag sein. Ja, vielleicht."

Er nickte sich selbst zu.

„Dann eine gute Reise. Entschuldigen Sie die Störung. Und viel Erfolg!"

Er nickte mir zu und ging zurück zu seinem Motorrad. Wenige Sekunden später fuhr er an mir vorbei und hob die Hand zum Gruß.

„Danke, Officer!", spottete ich und startete wieder den Motor.

Laut meiner Karte befand ich mich nun noch gerade einmal zwei Kilometer von meinem Ziel entfernt. Ich erblickte eine alte, heruntergekommen wirkende, Tankstelle. Die Bäume, die um diese herumstanden, schienen sie geradezu verschlingen zu wollen. Generell gefiel mir der Wald, durch den ich nun seit kurzer Zeit fuhr, nicht sonderlich gut, denn die Blätter hatten einen solch dunklen Grünton und das Geflecht war so dicht, dass nur wenige Sonnenstrahlen den Boden berührten. Es war die Finsternis, die mir zusetzte. Die doch recht ordentliche Straße von vorhin wurde jetzt von einem etwas besseren Waldweg ersetzt, der jedoch ziemlich schlammig war und sich nur deshalb schwer befahren ließ. Wahrscheinlich hatte es erst vor kurzem geregnet.

Die Tankstelle sah zerfallen aus. Die Wände des kleinen Gebäudes waren vollständig vergilbt, ein Vorzeichen für Schimmel. Die Zapfsäulen sahen aus, als wären sie seit Jahren nicht mehr benutzt worden. Relikte einer besseren Zeit. Jetzt ähnelten die Dinger allenfalls noch Grabsteinen. Ich hielt mit meinem Wagen vor einer der beinahe zerfallenen Zapfsäulen, fast so als wollte ich doch tatsächlich tanken, und stieg aus dem Wagen. Nicht das Benzin hatte mich hierher gelockt, sondern mein aufflammender Hunger. Die

Reise dauerte einfach zu lange und ich hatte keinerlei Proviant eingeplant.

Es war unangenehm schwül und ich spürte beinahe auf der Stelle, wie sich der Schweiß auf meiner Stirn bildete und langsam hinab perlte, bis ich ihn mit einer vermeintlich lässigen Handbewegung mit dem Handrücken von der Stirn wischte. Ich schlenderte hinüber zum Eingang, in dessen Fenster eines dieser stereotypen Hinweisschilder hing, auf denen man erfahren konnte, ob der Laden geöffnet oder geschlossen war. Zu meiner Erleichterung war er offen.

Die Tür gab beim Öffnen ein helles Klingeln von sich. Sie gab mir Einlass in einen etwas besser in Schuss gehaltenen Laden, als sein Äußeres es vermuten lassen würde. Auf den ersten Blick erinnerte er jedoch weniger an einen Tankstellenladen, als an einen Tante Emma Laden. Hinter den spärlichen Regalen, die hauptsächlich mit Nahrungsmitteln gefüllt waren, befand sich die Theke, auf der eine schon fast antik anmutende Kasse stand. Und direkt dahinter saß ein älterer Mann mit langem Bart, der vor sich hin döste, ein grün-kariertes Hemd trug und auf dessen Kopf ein Strohhut saß. Er schien tatsächlich zu schlafen, denn seit ich den Laden betreten hatte, deutete nichts darauf hin, dass er mir auch nur die geringste Aufmerksamkeit schenken wollte.

Als ich näher an ihn herantrat, begann er sich zu bewegen. Davor erschien er eher wie ein lebloser

Körper, sofern man sich die leisen Schnarcher wegdenken konnte. Er hob den Kopf ein wenig und öffnete zögerlich ein Auge, so als würde er Ausschau halten. Als er mich erblickte, schloss er das Auge wieder, räusperte sich und gab so was wie ein Schmatzen von sich. Er war wohl endgültig wach geworden. Eine Augenbraue hob sich spöttisch. Für einen Moment dachte ich darüber nach, ob ich mich nicht dafür, dass ich ihn geweckt hatte, entschuldigen und wieder gehen sollte.

„Ist die Tankstelle hier geöffnet?", fragte ich nach einigen Momenten. Die Frage fühlte sich unnatürlich, wenn nicht sogar gestellt, an. „Das Schild draußen vor dem Eingang..."

„Sie sind nicht aus Nevrille", unterbrach mich mein Gegenüber. Seine Stimme klang, als wäre sie Jahrzehnte lang mithilfe eines Reibeisens geformt worden.

„Nein, das bin ich nicht. Aber ich bin auf dem Weg dorthin", erklärte ich.

Er lächelte. „Jemand aus dem Ort hätte gewusst, dass die verdammte Leuchtreklame schon seit Jahren nicht mehr funktioniert. Der verdammte Ramsch! Am liebsten würde ich es ja abmontieren aber...", er winkte ab und fragte mit Nachdruck: „Was willst du in dem verdammten Kaff?"

„Ein Buch schreiben", antwortete ich ihm prompt. Daraufhin entblößte sein Gesicht eine gewisse Überraschung. Dann ein kurzes Lächeln, das sich alsbald zu steigern begann, bis sich aus dem Abgrund seiner Kehle ein lang gezogenes, heiser-raues Lachen heraus quälte, bei dem ich mir nicht sicher sein konnte, ob es sich dabei um Spott oder einfach nur um Belustigung über meine Antwort handelt. Die vergilbten Zähne waren auch kurz zu sehen, was mir leichte Schauder über den Rücken laufen ließ. Da die konventionelle Art der Kommunikation nicht mehr zu funktionieren schien, legte ich einfach ein paar Geldscheine zusammen mit dem Riegel, den ich aus einem der kleinen Fächer für spontane Einkäufe herausgefischt hatte, auf die Theke. Das Lachen verschwand, seine Hand griff nach den Scheinen und, als wäre er sich plötzlich bewusst geworden, was eigentlich sein Job war, machte sich daran, den Tank meines Wagens zu füllen, wovon ich ihn jedoch abhielt, war ich doch eigentlich nur gekommen, um mir etwas zum Essen zu besorgen.

Es war merklich dunkler geworden. Tief schwarze Wolken bedeckten den kaum sichtbaren Himmel. Das wenige Licht, das die Sonne zu spenden vermochte, war nun verschwunden, und es war nur unmerklich heller als bei Nacht.

Ich startete den Wagen und fuhr die Straße weiter entlang in Richtung Nevrille. Es konnte sich nur noch um wenige Minuten handeln, bis ich im Dorf ankam, doch der Wagen machte mir einen Strich durch die Rechnung und begann, stotternde Geräusche von sich zu geben. Dennoch fuhr ich die Straße weiter entlang und ignorierte die Geräusche, die der Wagen machte. Ich konnte sie mir nicht erklären, und als das Radio ausfiel dachte ich mir, dass es an dem Sturm lag, der mir mit erschreckender Geschwindigkeit entgegenkam. Die dunklen Wolken waren die Vorboten für ein Unwetter gewesen und in der Ferne sah ich geräuschlose Blitze zucken.

Der einsetzende Regen und die Dunkelheit setzten meinen Augen zu und Müdigkeit schlich sich bei mir ein. Die Scheinwerfer des Wagens durchschnitten die Finsternis. Ich fuhr über eine kleine Brücke, konnte jedoch keinen Blick auf den Bach werfen, über den ich fuhr. Als ich gerade ein Schild passierte, das mich darauf hinwies, dass mein Ziel nur noch wenige Kilometer entfernt war, steigerten sich die merkwürdigen Geräusche des Motors. Auf einen Schlag kam der Wagen zum Stehen.

„Was zum Teufel?", murmelte ich und schlug verärgert auf das Armaturenbrett. In meiner Faust meldete sich ein stechender Schmerz. Gewalt war auch hier keine Lösung: Zwar blitzten die Anzeigen nochmals auf, jedoch waren sie danach ganz weg, so als wollten sie mich ein letztes Mal verhöhnen. Als dann auch noch die Scheinwerfer ausfielen und der Motor noch wesentlich merkwürdigere Geräusche machte, hielt ich an. Ich konnte mit diesem Wagen keinen einzigen Meter weiter fahren.

Ich saß folglich ganz allein draußen in einem Wald bei einem der schlimmsten Stürme, die ich jemals erleben durfte. Was sollte ich bloß tun? Raus, weitermarschieren, bei diesem Wetter? Ich hatte zwar einen guten Mantel dabei, aber ich wollte nicht meinen Wagen hier mitten auf der Straße stehen lassen. Er würde eine Gefahr für jeden anderen Fahrer darstellen. Andererseits war ich schon seit Stunden keinem anderen Fahrer mehr begegnet. So als wäre ich der Einzige, der diese Straße entlang fuhr. Und besser jemand knallte in meine Karre, wenn ich nicht gerade darin schlief. Also stieg ich aus, holte, gepeitscht vom Wind und Regen, meinen Mantel und Aktenkoffer aus dem Kofferraum.

Der Gewaltmarsch dauerte zum Glück nur eine halbe Stunde. Trotzdem war ich gänzlich durchnässt, als ich beim Schild am Ortseingang stand. Der Boden unter mir war aufgeweicht wie eine Art zäher Teig, und jeder Schritt fühlte sich an, als würde ich durch eine Lache Kaugummi waten. Das Gefühl, immer tiefer zu sinken, konnte ich zudem nicht abschütteln. Ich atmete schwer, schwitzte, aber der Schweiß vermischte sich ständig mit dem Regen, der immer noch erbarmungslos vom Himmel fiel, also brauchte ich mir keine Sorgen zu machen, ob ich verschwitzt roch.

Wozu auch, war doch sowieso keiner da, der es hätte bemerken können.

Es war dunkel. Die wenigen Straßenlaternen spendeten kein Licht, da es noch nicht Abend war. Es schien fast so, als würde die Dunkelheit sämtliches Licht, das durch die Wolken zu drängen versuchte, verschlucken. Meine Augen brauchten einen Moment, um sich an das Halbdunkel zu gewöhnen. Aus den Fenstern der anonymen Häuser drang kein Licht hervor, sie schienen vollkommen verlassen zu sein. Alles Einfamilienhäuser, nur wenige mit zwei Stockwerken. Das was man gemeinhin Mittelstand nannte, sollte sich in diesem öden Ort wahrscheinlich hier angesammelt haben. Am Ende einer der Straßen erblickte ich eine Leuchttafel, die mich mit mattem Licht anzuziehen versuchte, als wäre ich eine trunkene Motte. Ohne zu wissen, wofür sie stand oder was genau sie mir zu vermitteln gedachte, wankte ich auf sie zu. Meine Sicht verschwamm zunehmend, wurde immer mehr von einer Unschärfe geprägt, deren Ursache mir verschleiert blieb. Ich rieb mir mehrmals frenetisch die Augen, bis sie schmerzten, doch sie wollte nicht verschwinden, ich konnte nicht erkennen, welchen Sinn die Schriftzeichen machten. Die Beine kamen mir immer mehr vor, als würden sie aus massivstem Blei bestehen, und ich hatte somit einige Mühe sie überhaupt noch zu heben. Dann kam ein starker Stoß, ein Schmerz der meinen ganzen Oberkörper packte und das Licht schwand.

Ein kratzendes, beißendes Gefühl in meiner Kehle brachte mich zum Husten. Mein ganzer Mund war trocken und schmeckte nach Staub, meine Zunge fühlte sich an, als wäre sie mit geschmacklosem Sirup bedeckt. Ich röchelte laut, versuchte die Augen zu öffnen, doch ich war weiterhin von Dunkelheit umgeben. Leichte Panik machte sich in mir breit: Wo war ich? Was war geschehen? Meine Hände schlossen sich, ich fühlte etwas Weiches. Lag ich in einem Bett?

„Ah, sind Sie wach?", fragte mich eine Stimme, die sehr nahe zu sein schien. Ich versuchte meinen Kopf in die Richtung der Stimme zu drehen, doch ich hatte keinerlei Kraft. Es schien sich um eine junge Frau zu handeln, außer meine Ohren hätten mich so stark getäuscht, dass ich nicht einmal mehr das richtig einschätzen konnte. Die Stimme kam mir merkwürdig vertraut vor, doch ich konnte sie keiner Person zuordnen. Die Worte die ich zu formen versuchte, wollten meinen Mund einfach nicht verlassen, stattdessen kam nur gepresstes Röcheln hervor, als würde Luft aus einem alten Wasserhahn ausstoßen.

„Sie müssen wirklich vollkommen erschöpft sein. Hier, nehmen Sie einen Schluck Wasser. Das wird Ihnen helfen."

Ich konnte etwas Kaltes und Feuchtes an meinen Lippen spüren. Die Tropfen schmeckten beinahe widerlich süß. Sie schien mir eine Schale oder eine Tasse an die Lippen gesetzt zu haben, also nahm ich zaghaft einige Schlucke zu mir. Die Hoffnung, das Wasser würde mich stärken, erfüllte sich jedoch nicht. Eher das Gegenteil war der Fall, ich wurde wieder schläfrig. Nach einigen Schlucken gab ich es wieder auf, auch wenn meine Zunge nach mehr verlangte.

„Ruhen Sie sich aus. Bald sind Sie wieder auf den Beinen, glauben Sie mir."

Meine Lippen versuchten ohne mich Worte zu formen, doch der Alleingang misslang. Die Müdigkeit kroch wieder in die Glieder zurück, meine Fragen mussten vorerst warten.

Kälte brachte mich wieder zurück, sie wurde zu meinem Träger. Das Ziel der Reise blieb unbekannt. Meine Hände ertasteten eine nasse, raue Fläche, die meine Gedanken nicht zuordnen konnten. Sie gab meinem leichten Druck etwas nach. Meine Augen öffneten sich, doch die Dunkelheit verblieb wie ein unwillkommener Gast, der sich nicht vertreiben ließ. Erst nach einiger Zeit gewöhnten sich meine Augen an die Finsternis. Nichts war zu hören, doch jede meiner Bewegungen schuf Geräusche mit einem durchdringenden Echo, das durch meinen Kopf schallte. Ich befand mich in einem Raum, soviel war mir wenigstens klar. Die Luft um mich herum stand still, es gab nirgends Bewegung. Langsam aber sicher konnten meine Augen die Formen von Gegenständen um mich herum ausmachen, nur reichte es nicht, um sie einzuordnen. Es war eiskalt, und ich konnte mich nicht daran erinnern, dass ich jemals im meinem Leben so sehr gefroren haben sollte. Schlimmer, die Temperatur schien noch weiter zu sinken und die Situation wirkte von Minute zu Minute bedrohlicher auf mich. Ich hatte nicht einmal bemerkt, dass ich am ganzen Leib zitterte.

In diesem Moment, in dem ich mich endlich dazu entschloss, aufzustehen, griff etwas nach mir. Mein Handgelenk fühlte eine Kälte, die sich nochmals von der Lufttemperatur um mich herum unterschied und wie von einem Eisblock zu stammen schien. Erschrocken zog ich meine linke Hand zurück und erhob mich ruckartig, wodurch kurz ein scharfer Schmerz durch meinen Rücken fuhr. Der Blutmangel in meinem Kopf provozierte Schwindelgefühle und ich hatte Probleme, mich zu orientieren. Hecktisch blickte ich um mich, konnte jedoch nicht ausmachen, wer oder was nach mir gegriffen hatte. Das musste die Verwirrung sein, dieser Raum war mir einfach nicht geheuer. Die Welt drehte sich. Ich blickte mich noch einmal nach einer Tür um, konnte aber keine entdecken. Ich fühlte mich gefangen, und ohne Türen und Fenster schien mir dieses Gefühl ganz berechtigt zu sein.

Dann kamen die Fragen. Sie stapelten sich plötzlich in meinen Kopf. Wo war ich hier gelandet? Gerade noch befand ich mich in einem, mir zwar unbekannten, aber relativ sicheren, Bett und wurde von einer wildfremden, aber nicht direkt bedrohlich wirkenden Frau gepflegt. Das war vielleicht ein wenig beunruhigend gewesen, aber mir schien es, als hätte ich mich in relativer Sicherheit befunden, in der weder mein körperliches noch mein geistiges Wohlergehen sich in irgendeiner direkten Form einer Bedrohung zu befinden schien. Jetzt hingegen saß, oder stand, ich in einem merkwürdigen Raum, der mir Illusionen einzuhauchen versuchte und wo irgendetwas nach mir griff, ohne tatsächlich zu existieren. War das hier ein vom Fieberwahn geformter Traum? Lag ich in Wirklichkeit immer noch im Bett und schwitzte, während mein Kopf wild von einer Seite zur anderen hin und her schlug?

„Hallo? Ist da jemand?", rief ich und ich musste beinahe über die Lächerlichkeit des Versuchs, in einem leeren Raum mit jemanden oder etwas kommunizieren zu wollen, lachen. Doch nichts rührte sich. Es gab einen Grund, weshalb ich nicht eher daran gedacht hatte, nach Hilfe zu rufen. Von vorne herein schienen mir die Chancen auf Erfolg zu gering. Ich durchwühlte meine Taschen, doch es war, wie erwartet, nichts darin zu finden. Ich schien meinen netten Büroanzug zu tragen. Nicht die Kleider, mit denen ich nach Nevrille gefahren bin, aber es war sicherlich besser, als nackt zu sein. War das hier ein Traum? Wenn ja, handelte es sich eher um einen Alptraum, denn bisher wirkte er bedrohlich.

Ich blickte mich mehrmals um. Meine Augen hatten sich ganz an das Dunkel gewöhnt und konnte jetzt einige Dinge klarer ausmachen - oder hatte ich sie bisher übersehen? Ein Schreibtisch stand an einer Wand, davor befand sich ein unbequem aussehender Stuhl aus Holz. Nichts befand sich auf dem Tisch. Ein karges Bettgerüst stand auf der anderen Seite des Zimmers.

Dann, wie aus dem Nichts, war ein Kratzen zu hören. Zuerst war es ganz leise und es ließ sich nicht feststellen, woher es kam. Ich rief noch einmal, in der Hoffnung, dass das Geräusch von jemand anderem kam. Keine Reaktion, doch das Kratzen und Schaben wurde lauter. Mein Blick fiel auf den Schreibtisch und ich sah, dass dort Kratzspuren darauf sichtbar waren. Waren die vorhin auch schon da gewesen? Fasziniert ging ich einen Schritt näher, als ich etwas aus meinem Augenwinkel heraus sich bewegen sah. Irgendetwas hatte sich hier eingeschlichen! Oder war es die ganze Zeit hier gewesen, und ich hatte es schlicht nicht gesehen? Wie aus dem Nichts traf mich etwas am Kopf und es folgte ein kurzer, stechender Schmerz. Auf ein Neues folgte sogleich die Finsternis.

Ich lag auf dem Boden, neben dem Bett, als ich wieder zu mir kam. Die Umgebung wirkte verschwommen und drehte sich, rotierte teils. Übelkeit machte sich schneller in mir breit, als mir lieb war. Am Kopf fühlte ich einen stechenden Schmerz.

„Liegen bleiben!", sagte eine Stimme neben mir und Schritte kamen schnell an mich heran. Jemand griff mir an die Schulter und lehnte meinen Oberkörper sanft gegen die Wand. Ich atmete kurz auf, der Schmerz verstummte. Die Welt schien nicht mehr so sehr aus den Fugen zu sein. Mir war immer noch schummrig, aber wenigstens fühlte ich mich für einen Moment nicht mehr so, als wäre ich gerade besoffen aus einer Bar heraus getorkelt. Ich blickte die Person an, die mir gerade eben geraten hatte, mich noch weiter auszuruhen. Es handelte sich um die Frau, die ich bereits vorher gesehen hatte. Sie hatte lange Haare, die trotz der Dunkelheit wie Gold glänzten. Ihr Gesicht bestand aus feinen Zügen, die Haut war makellos. Ihre Augen waren gerötet – hatte sie geweint?

„Geht es wieder?"

Ich nickte nur zur Antwort, was ein ziemlich klares Zeichen dafür sein sollte, dass dem nicht wirklich der Fall war.

„Wo bin ich?", brachte ich nach einigen Momenten der Stille raus.

Es stellte sich heraus, dass ich es tatsächlich nach Nevrille geschafft hatte – zumindest hatte sie mir soviel erzählt, als sie mir ins Bett half. Ich war zusammengebrochen und hatte mir ein ziemliches Fieber geholt. Von meinem Wagen schien sie nichts zu wissen, was mir merkwürdig vorkam. Es war aber nicht tragisch. Das Notwendigste hatte ich schließlich bei mir: Kreditkarten und die Unterlagen, die meiner neuen Identität ihre Grundlage lieferten. In ein Krankenhaus wurde ich nicht gebracht. Maria hielt das für unnötig, es war ja nur Fieber gewesen.

Maria!

Ein langweiliger Name, der zu ihr passte, wie sich heraus stellte. Die Gespräche, die wir in den ersten Stunden führten, waren uninteressant, da sie selbst nicht viel sprach, während ich noch zu müde war, um selbst viel zu reden. Erstaunlicherweise konnte sie mir nichts Wesentliches über das Dorf oder ihre Einwohner verraten. Ich war dazu verdammt, mich mit meinen eigenen Gedanken zu beschäftigen.

Am dritten Tag musste ich raus. Das immer gleiche, abgedunkelte Zimmer und der viele Schlaf machten mich langsam aber sicher mürrisch. Jedes Mal, wenn ich versuchte etwas zu erkennen, wurde es immer dunkler. Keine Details waren auszumachen, es war, als wären meine Augen geschädigt gewesen. Maria versorgte mich mit Essen und diesem merkwürdigem Wasser. Leider war ich meistens zu müde, um ihr zu danken. Oft drängte sich mir der Schlaf unangekündigt auf. Das Fieber sank spürbar und Maria meinte, ich sollte ein wenig an die frische Luft. Als ich mir sicher war, dass sie das Haus verlassen hatte, versuchte ich, alleine kurz etwas frische Luft zu schnappen.

Es war dunkel. Nein, es war Nacht, der Mond, er war im Himmel zu finden. Wenigstens dieses Mal waren es nicht meine Augen, die mir wieder Streiche spielten. Meine Beine fühlten sich müde an, sie waren keine Bewegung mehr gewohnt. Maria bestand zwar darauf, mit mir spazieren zu gehen, aber ich wollte sie auf keinen Fall dabei haben. Der Spaziergang sollte nicht nur der Luftzufuhr dienen, sondern mir ein wenig Abwechslung von ihr bringen. Ein wenig alleine durch ein fremdes Dorf zu gehen, war sicherlich interessanter, als diese Frau! Diese Frau, die nicht mit mir redete, sondern mich meistens nur anstarrte.

Bei Nacht machte der Ort einen sehr ernüchternden Eindruck. Alle Häuser stammten aus den 50er oder 60er Jahren und besaßen einen gutbürgerlichen Charme. Also kaum ein Unterschied zum letzten Ort. In den meisten Wohnungen brannte kein Licht, es war wahrscheinlich schon zu spät. Richtig einschätzen konnte ich das nicht, denn meine Armbanduhr war kaputt. Ich wanderte also ziellos unter den Lichtkegeln der vereinzelten Straßenlaternen hindurch und wunderte mich darüber, dass absolut niemand anzutreffen war. Mein Unterbewusstsein schien nach etwas zu suchen, aber ich konnte mich nicht entsinnen, was es war.

Als ich mich entschlossen hatte, wieder zurück zu Maria zu gehen, musste ich feststellen, dass ich mir nicht gemerkt hatte, welchen Weg ich gegangen war. Und obwohl das Dorf auf der Karte klein aussah, wirkte es größer, wenn man erst einmal mitten drin war. Ich musste lachen. Absolut lächerlich, ich hatte mich in einem verdammten Nest verrannt, hatte immer noch leichtes Fieber und besaß kein Zeitgefühl.

Es war in diesem Moment, als ich merkte, dass jemand hinter mir in einen der Lichtkegel, die von den Laternen geworfen wurden, getreten war. Ich drehte mich um und erblickte eine Person, mit glatt rasierter Glatze und unpassend abstehenden Ohren. Dank seiner Dienstkleidung war er auch sofort als Priester zu erkennen. Es war Irrsinn, dass ich ihn zu dieser Tageszeit mitten in Nevrille auf einem Bürgersteig traf, aber ich konnte mich zu diesem Moment nicht davon irritieren lassen.

„Verirrt, mein Sohn?", sein Lächeln blitzte auf. Die Zähne in seinem Mund wirkten gigantisch, fast so, als würden sie versuchen, aus seinem Mund zu fliehen. Ich konnte meinen Blick nur mit Mühe von ihnen abwenden.

„Könnte man so sagen", lautete meine Antwort. Ich wusste nicht wirklich, ob es daran lagt, dass ich mich tatsächlich verirrt hatte, dass ich diese Antwort wählte oder daran, dass mir nichts Besseres einfiel.

„Neu in der Stadt?", setzte er nach, mit leicht geneigtem Kopf. Der Winkel gab einen besseren Blick auf seine makellose Glatze frei. Das Licht glänzte auf der glatten Haut. Ich war mir sicher, dass man sich darin spiegeln konnte.

Ich nickte. Er lächelte erneut, mit einer schleierhaften Verheißung in seiner Mimik. Er machte einen Schritt rückwärts und trat damit aus dem Kegel heraus, so dass es einem schien, als verschwände er einfach so in der Dunkelheit, als würde diese ihn mit ihrem formlosen Maul verschlingen.

„Wonach suchst du?", schallte es aus der Dunkelheit. „Wonach sehnst du dich?", erklang es von dort erneut.

Meine Antwort kam erst nach einem Moment des Zögerns. „Ich nehme nicht an, Sie kennen Maria?", stammelte ich.

„Nein, wonach suchst du?", fragte die Stimme mit mehr Nachdruck.

Ich blickte mich um, konnte ihn jedoch nicht sehen. Keine Ahnung, ob meine Augen mir wieder etwas vorspielten, oder ob die Dunkelheit wirklich so undurchdringlich war, dass kein Schimmer mehr der Person zu sehen war, die gerade noch vor mir stand. Mein linker Fuß machte einen unsicheren Schritt nach hinten. Ich stand am Rande meines Lichtkegels und ich hatte das Gefühl, als könnte mich die Dunkelheit jederzeit verschlingen, so wie sie es mit dem Geistlichen getan hatte.

„Ich verstehe nicht...“

„Verstehen ist bedeutungslos!“, die Stimme erklang direkt hinter mir. Ruckartig drehte ich mich um, erblickte im Halb-Dunkel das starre Gesicht des Priesters. Ein erstaunter Laut drang aus meiner Kehle.

„Wer zur Hölle...“

„Meine Aufgabe ist nicht, dir Antworten zu geben, sondern sie aus dir heraus zu locken. Ich weiß mit Sicherheit, dass ich die richtigen Fragen stelle, doch du begreifst die Antworten nicht!“, schrie er aus nächster Nähe. Mein Kopf schien zu bersten, Schmerzen schrien darin auf, als spielte ein Orchester darin.

Mit einem lauten Klirren ging weiter in der Ferne eine der Laternen kaputt. Funken stoben, Scherben landeten auf dem kalten Bürgersteig.

„Lassen sie mich vorbei!“

Ich versuchte am Priester vorbei zu gehen, um von hier weg zu kommen, doch dieser packte mich entschlossen am Hemd. Sein Arm schien wie aus Blei zu sein, als ich danach griff. Vielleicht lag es an meiner Schwäche, aber ich konnte den Arm nicht einmal ansatzweise bewegen. Hinter mir knallte es. Wieder eine Laterne, die den Geist aufgab und zerbarst.

„Wonach?"

Seine Stimme klang mittlerweile heiser, aber umso furchterregender, da unmenschlicher. Angst ließ meine Glieder erstarren. Ich fühlte mich vollkommen kraftlos.

„Was willst du von mir?", schrie ich ihn an. Darauf folgten Flüche, begleitet vom Knallen weiterer Straßenlaternen. Eine nach der anderen gaben sie den Geist auf. Die Dunkelheit kam näher und näher. Panik ersetzte meine Furcht. Ich begann zu toben, wurde immer wilder, immer verzweifelter, so, als ginge es um mein Überleben. Mir war vollkommen bewusst, dass dort etwas auf mich lauerte. Ich versuchte ihn mit der Faust ins Gesicht zu schlagen, doch die Gestalt schleuderte mich einfach von sich.

Nun stand ich alleine im letzten Lichtkegel, als auch dieser erlosch und mich der Finsternis auslieferte.

Meine Augen wurden von Dunkelheit geflutet, nur um anschließend vom Licht geblendet zu werden. Unwillkürlich schirmte ich meine Augen ab. Ich lag auf dem Boden. War ich gefallen? Wo zum Teufel war der Priester? Ich hob meinen Kopf. Ein unbekannter Raum umgab mich. Der Boden schien schmutzig, war von Staub bedeckt. Mein Körper regte sich, stand auf.

Eine einzelne Glühbirne war die Lichtquelle über meinem Kopf. Ein kurzer Griff danach verriet, dass sie noch kühl war und damit erst vor kurzem eingeschaltet wurde. Mehrere Fragen überschlugen sich, eine drängte sich am stärksten auf: Wo war ich? Ich konnte sie auch nach einer weiteren Inspektion des komplett leeren Raumes nicht beantworten. Dann die zweite Frage: Befand ich mich in Gefahr?

Sie war wesentlich schwieriger zu beantworten, aber die Stimmen in meinem Kopf einigten sich darauf, dass dies nicht direkt der Fall war. Damit konnte sich ein wenig Entspannung breit machen. Eine kurze Inspektion der Wände folgte. Mit der Hand glitt ich über die musterlose beige Tapete. Makellos glatt, tasteten meine Hände alle vier Wände ab. Dann erst bemerkte ich, dass ein kleines Stück der Tapete lose zu sein schien. Ich griff am Zipfel, der sich auf der Höhe meiner Knie befand und riss ihn nach einem kurzem Versuch in die Höhe.

Eine Holztür ohne Klinke verbarg sich dahinter. Meine Überraschung hielt sich in Grenzen. Ein Raum ohne Tür wäre überraschender gewesen, wäre doch damit die Frage einer gegangen, wie ich in diesen gelangt wäre. Bei einem Stoß gegen diese Tür verriet mir knirschendes Holz, dass es durchaus möglich wäre, diese einzubrechen oder einzutreten. Nach kurzem Überdenken rammte ich meine Schulter gegen die Tür. Holz knirschte erneut, die Tür gab unter den

Stößen merklich nach. Ein Splittern war beim zweiten Ruck zu hören, dann gab sie endlich nach und fiel geradezu aus dem Rahmen.

Eine Hand verfehlte mich nur knapp, was eher an der ungelenkten Bewegung als an meinen lahmen Reflexen lag. Bevor die Verwirrung sich legen konnte, fiel eine Gestalt in den Raum, der mein Gefängnis gewesen war, hinein und lag kurz auf dem Boden. Sie war zu klein für einen Erwachsenen, so viel konnte ich noch erkennen, doch die Panik erlaubte mir nicht, sie länger anzublicken. Ihre Bewegungen wirkten geradezu spastisch, Hände und Füße schabten über den Boden, Nägel kratzten bis sie lautstark rissen. Ein gequälter Schrei rann aus der Kehle der Gestalt. Geistesabwesend rannte ich durch den Türrahmen in einen langen Flur, der genau so leer und schmutzig war wie der Raum, aus dem ich flüchtete. Mein Keuchen und Stöhnen schallte zurück als ich hindurch lief, hinter mir ein leises Krächzen und Kratzen hörend. Ich wagte es nicht, den Kopf zu drehen, erblickte ich doch am Ende des Flures einen Türrahmen, aber keine Tür. Ein Luxus ohne den ich leben konnte, denn der Raum konnte, zumindest war das meine Hoffnung gewesen, einen Ausgang bergen. Und wenn es etwas gab, wonach ich mich gerade sehnte, dann war es eine Möglichkeit, aus dieser Situation zu fliehen.

Zu meiner persönlichen Überraschung war dieser Raum nicht leer, sondern beherbergte gleich mehrere Möbelstücke. Ein altes, verstaubtes und teils aufgerissenes Sofa, eine Kommode sowie ein Regal, das leer war. In einer Ecke stand ein altes, zerfetztes Krankenbett. Die Laken darauf waren mit Flecken und Rissen überzogen, ich traute mich nicht, sie auch nur eine Sekunde länger anzuschauen. Auf der Kommode befand sich eine alte Kerosinlampe, in der eine kleine Flamme brannte. Doch mir blieb kaum Zeit, darüber nach zu denken, wieso dort eine Flamme brannte. Hinter mir hörte ich jemanden rennen und dem Raum fehlte eine offensichtliche Tür. Die Tapete auf ein Neues nach Fetzen zu untersuchen würde schlicht zu viel Zeit kosten und ein Kampf mit bloßen Fäusten wurde von mir ebenfalls als wenig gewinnbringend eingeschätzt. Die Gestalt kam mit rasender Geschwindigkeit näher, ihr mit Bandagen vermummtes Gesicht brannte sich bei mir ein. Panisch griff ich nach der Lampe und warf sie nach der Gestalt. Mit einem Klirren landete sie in deren Gesicht und die Bandagen fingen Feuer. Sie schrie laut auf, die Gestalt, und auch die Stimme verriet nicht, welchen Geschlechts sie war. Sie brach zusammen, krümmte sich auf dem Boden. Einige Minuten lang herrschte Stille. Ich wagte nicht, mich der Gestalt zu nähern und wieder überschlugen sich in meinem Kopf die Fragen. Einige unsichere Schritte brachten mich der Gestalt näher und als keine Reaktion von ihr kam und ich mir sicher war, dass die Flammen erloschen waren, trat ich näher an sie heran.

Die eiskalte Hand griff nach meinem Knöchel. Verzweifelt versuchte ich mich, von ihr zu lösen. Es gelang nur mit viel panischer Mühe. Ein weiterer Schrei erklang, aber ich blickte nicht mehr zurück, als der Schrei wieder erklang. Ich rannte auf die Tür des ersten Raumes zu. Als ich ihn betrat, befand ich mich plötzlich im freien Fall.

Um mich herum war wieder die Straße in Nevrille, unverändert, als wäre nie etwas geschehen. Zumindest war das mein Eindruck, als ich flach mit dem Gesicht nach unten, auf dem Boden lag. Mein Kopf dröhnte, als wäre ich mit einiger Wucht gegen das Pflaster geknallt. Es war mittlerweile Morgen und ich brauchte einige Momente, um fest zu stellen, dass die Schemen, die sich um mich herum versammelt hatten, in Wirklichkeit Menschen waren, die mit mehr oder weniger besorgten Blicken um mich herum standen.

„Sollen wir einen Arzt rufen? Geht es ihnen gut?", fragte einer der besorgten Passanten.

Ich nickte ihn an.

„Alles in Ordnung!", brachte ich mit einer sich überraschend rau anhörenden Stimme hervor.

Die Schemen ließen sich dadurch nicht beschwichtigen und standen noch ein wenig ratlos umher, sich untereinander kurz austauschend, was sie bezüglich des armen Irren, der mitten auf dem Bürgersteig lag, unternehmen sollten. Auf dem Boden liegend, fühlte ich mich wie gelähmt. Ich versuchte meine Gedanken zu ordnen, es wollte mir nicht gelingen. Weder Anfang noch Ende waren zuzuordnen, es fühlte sich an, als sei es in der Mitte abgebrochen worden, alles was folgte, war ein Erzittern.

„Da bist du ja!"

Diese Stimme kam mir bekannt vor: Es war Maria!

Sie ergriff meine Hand. Ihr Gesicht war voller Sorge sowie einer Spur von Panik. Mein Versuch, zu lächeln, scheiterte leider. Mein Rücken schmerzte. Wahrscheinlich weil ich schon länger, vielleicht sogar die ganze Nacht über, auf der Straße gelegen hatte. Auf einmal fühlte ich mich den Obdachlosen, die ich Zeit meines Lebens ignorierte, wesentlich näher. Maria zerrte an mir und schwafelte irgendetwas von Ruhe, die ich bitter nötig hatte, aber mit jedem überhasteten Schritt, den ich über die Straße tat, wurde mir klarer, dass Ruhe nicht wirklich das Problem war.

Das Problem war, dass ich scheinbar nicht wach wurde. Die Welt um mich herum befand sich in einem Zustand ewiger Unklarheit. Wieso war ich geflohen? Was geschah auf der anderen Seite, in den leeren Räumen? Und was zum Teufel war das für eine Gestalt gewesen, die mich dort angegriffen hatte?

Maria stützte mich. Meine Mühe, einen einzigen klaren Gedanken zu fassen, musste mir anzusehen sein, denn sie sprach kein Wort. Wir schleppten uns gegenseitig für einige Minuten über den Bürgersteig, bis wir ihr Einfamilienhaus erreichten. Es war das erste Mal, dass ich überhaupt einen Blick darauf werfen konnte. Es wirkte, als stammte es noch aus den 50ern und ein wenig verfallen, so als hätte man gleich mehrere Renovierungen schlicht versäumt. Eines der Kellerfenster war eingeschlagen. Der Rasen wucherte bereits seit Monaten, wenn nicht sogar schon seit Jahren. Der Gehweg war kaum noch zu sehen, so dicht wuchs der Rasen. Eine massive Eiche stand unweit vor der Treppe, die zur Vordertür führte. An einem Ast war eine Schaukel befestigt. Sie sah, wie eigentlich alles andere hier, heruntergekommen aus.

Wie in Watte eingepackt lag ich wieder im Bett. Eigentlich hatte ich gehofft, dass das so nicht sobald wieder der Fall sein sollte. Kerzenlicht erhellte den Raum. Gab es hier keine Elektrizität? Wo war ich hier gelandet? Der Rest des Dorfes schien ein gewisses technologisches Niveau erreicht zu haben, aber dieses Haus wirkte, als wollte es in der Vergangenheit verbleiben. Hatte Maria etwa schlicht nicht die Rechnung bezahlt? Ich begann zu schwitzen, obwohl es nicht warm in dem Raum war. Tatsächlich wurde mir dadurch nur wieder kalt. War das die Schwäche, die sich wieder einschlich? Die Träume ließen mir keine Ruhe, wenn es überhaupt Träume waren. Der Schlaf brachte mir keine Erholung. Das Wasser, das Maria mir verabreichte, war ekelerregend süß.

Also war ich müde, ohne dass ich schlafen konnte. Keine Ahnung, wo sich Maria befand, sie hielt sich immer nur dort auf, wo ich sie nur aus den Augenwinkeln heraus betrachten konnte. Sie entzog sich zunehmend meines Blickes. Sie redete nicht, und ich wüsste auch nicht worüber. Ich sprach sie nicht an. Als ich meinen Kopf hob und mich umblickte, war sie nirgends mehr zu sehen. Der Raum sah anders aus als sonst, irgendwie karger, leerer als zuvor. Es schienen einige Möbel zu fehlen. Hatte sie die über Nacht ausgeräumt? Wenn ja, wozu?

Es dauerte einige Zeit, bis es mir auffiel. Unsicher, wie lange es bereits da war, hob ich meinen Kopf erneut, als ich ein Kratzen wahrnahm. Es kam von irgendwo außerhalb des Raumes. Zumindest hoffte ich das. Der erste Gedanke war natürlich, dass ich es mir nur einbildete, doch nach einer Zeit - ich konnte mir nicht genau vorstellen, wie lange - hob ich meinen Kopf und hielt nach irgendetwas Ausschau, das als Ursprung für dieses Geräusch hätte herhalten können. Mit großer Mühe hob ich meinen schlaffen Körper aus dem Bett. Mir drehte sich alles, als ich zögerlich aufstand. Mein Körper fühlte sich an, als hätte ich ihn während Stunden nicht bewegt, dabei waren es gerade einmal höchstens zwanzig Minuten her, seit ich mit Maria hierher zurückgekehrt war. Doch meinem Zeitgefühl schien ich, spätestens seit ich in Nevrille gelandet war, nicht mehr vertrauen zu können.

„Maria?"

Es folgte keine Antwort. Nach einigen Versuchen gab ich es auf, nach ihr zu rufen. Irgendetwas stimmte hier nicht.

„Ich muss hier raus!", sagte ich zu mir selbst, so als hätte es mir irgendetwas genützt. Mit einigen überstürzten zu schnellen Bewegungen ging ich zur Tür und griff nach der Klinke. Der Griff ging ins Leere und die Ursache war denkbar einfach, wenn auch äußerst absurd: Dort wo die Klinke sein sollte, war nichts zu sehen. Die Tür hatte nicht einmal ein Loch, das darauf hingewiesen hätte, dass sie jemals eine Klinke besessen hätte oder haben sollte. Das wäre nicht so beunruhigend gewesen, wenn es denn nicht die einzige Tür des Raumes gewesen und ich logischerweise durch eben diese hier rein gekommen sein müsste.

Das Kratzen war lauter geworden, doch ich versuchte es weiter zurück zu drängen. Es durfte nicht existieren, einzig, weil ich nicht wusste, woher es kam. Ebenfalls wusste ich nicht, wie lange ich in dem Raum war, bevor es mir auffiel. Eine Stelle an der Wand, neben dem Schrank, der sich nicht öffnen ließ, schien dunkler zu sein als der Rest. Ich fuhr mit der Hand drüber und stellte mit leichter Überraschung fest, dass sie sich ein wenig feucht anfühlte. Ich klopfte dagegen und der Klang war heller. Ein Ausgang? Ein Gefühl der Hoffnung ergriff mich. Da ich mir nicht anders zu helfen wusste, packte ich den Stuhl und rammte ihn geradewegs gegen die Stelle. Tatsächlich riss die Wand an der Stelle ein. Hingekniend blickte ich in das vor mir klaffende Loch. Es schien fast, als hätte jemand nur ein paar morsche Bretter vor diese Öffnung genagelt, um etwas zu verbergen. Sie wirkte nicht besonders breit, aber mit ein wenig Mühe sollte es trotzdem möglich sein, durch die Öffnung zu kriechen. Unter normalen Umständen hätte ich nicht einmal die Möglichkeit erwogen, dies zu tun. Aber hierbei handelte es sich schon längst nicht mehr um normale Umstände. Nein, die schienen sich verabschiedet zu haben, wenn sie denn je vorhanden gewesen waren. Das Leben vor dem Feuer wollte nicht in mein Gedächtnis zurückkehren. Irgendetwas in mir fühlte sich an, als wäre es zerrissen oder zerfetzt.

Ich quälte mich wie ein nasser Wurm durch die Öffnung, die nahtlos in einen Tunnel überging. Scharfes Gestein durchschnitt meine Kleidung, hinterließ Risse in meiner Haut, die schmerzten. Ich griff nach den Steinen, um mich weiter nach vorne zu ziehen. Würmer drängten sich aus dem feuchten Boden unter mir, krochen zwischen meinen Fingern hindurch.

Die Schmerzen kamen und gingen, die Fragen blieben. Der Priester hatte den Finger in die Wunde gelegt, als er fragte, wonach ich suchte, wohin es mich trieb. Ich hatte es längst vergessen oder verdrängt. Ich wusste nicht, wohin es mich trieb und ich wusste auch nicht mehr, wieso ich flüchtete. Ein Teil von mir wusste es, und ich fühlte, dass dieser Teil nun begann, gegen mich zu rebellieren.

Mein eigener Feind geworden, entstieg ich meinem Gefängnis. Ich befand mich draußen, der leichte Wind verriet es. Die Straßenlaternen warfen ihr gedämmtes Licht auf den Bürgersteig. Die Straßen wirkten fremd, sie wirkten nicht wie jene, durch die mich Maria noch vor wenigen Minuten oder Stunden geschleppt hatte. Nein, das hier war etwas gänzlich anderes, nur was es war, entglitt meinem Verstand. Keine Autos, kein Licht in den Häusern, verdammt, nicht einmal Fenster waren in den Fassaden zu sehen. An mir befand sich nichts außer zerrissenen Kleiderfetzen, nur meine Hose und meine Schuhe schienen intakt. Das weiße Hemd und das schwarze Jackett, sie waren nur noch Schatten ihrer selbst.

Ein leichtes Stöhnen kam aus dem Nichts. Hektisch drehte ich mich um und erblickte eine Gestalt, wie ich sie noch nie zuvor gesehen hatte. Sie besaß kein Gesicht. Haut spannte sich nahtlos über ihren gesamten Kopf, umschloss Mund, Augenhöhlen und Ohren. Keine Haare, nirgends und nur ihr Körperbau

41

verriet, dass es sich dabei um eine Frau handeln konnte. Sie trug ein Kleid, das früher vielleicht einmal rot gewesen war, aber jetzt so ausgebleicht und matt schien, dass es nur noch grau wirkte. Sie ging unsicheren Schrittes auf mich zu. Ich erschrak mich auf den ersten Blick so sehr, dass ich zu Boden fiel, doch dieses Ding reagierte nicht. Wie auch? Ohne Augen und ohne Ohren konnte sie mich wahrscheinlich nicht einmal wahrnehmen. Sie sah grauenhaft und entstellt aus, mit ihrem gekrümmten Rücken und ihren verkrampfen Fingern. Sie war zwei Köpfe kleiner als ich, also vielleicht ein Teenager. Sie ging immer noch weiter auf mich zu und machte dabei eigenartige, ruckartige Bewegungen.

„Hallo? Alles in Ordnung?", fragte ich nachdem ich aufgestanden war, doch mir wurde schnell klar, dass es keinen Sinn machte. Ich nahm meinen ganzen Mut zusammen und näherte mich ihr langsam. War sie die Frau aus meinem Traum gewesen? Ich hatte sie mit der Lampe ins Gesicht getroffen. Aber nein, das war unmöglich, ihr Gesicht war spiegelglatt, und es lag gerade mal einen Tag zurück, egal wie sehr die Zeit hier verrückt spielte. Sie stand etwa einen Schritt weit von mir weg, als etwas meine linke Gesichtshälfte streifte. Sie hatte in einer mir unbegreiflichen Geschwindigkeit nach mir ausgeholt. Der nächste Schlag prallte an meinen Rippen ab. Er war nicht so stark, dass er mir wirklich zusetzen konnte, aber die Überraschung ließ mich trotzdem einen Satz nach hinten machen.

Sie schien das nicht zu bemerken und schlug in die Richtung, in der sie mich vermutete. Doch sie konnte mich nicht treffen, hatte ich doch bereits einige Schritte Distanz zwischen uns gebracht. Ich hatte keine Ahnung was gerade geschah, aber mir war klar, dass ich hier so schnell wie möglich weg sollte. Ich drehte mich um und wollte vor ihr weglaufen, als ich bemerkte, dass sich hinter mir zwei weitere Gestalten, die mit der ersten identisch waren, genähert hatten.

„Was in aller Welt?", entfuhr es mir, als hinter mir ein gedämpfter Schrei ertönte. Der erste Gedanke war, dass jemand anders in dieser verdammten Hölle gestrandet sei und von einer dieser Gestalten erwischt worden war. Aber ich konnte niemanden sehen, außer die andere Gestalt, die die Hände zuerst in die Höhe streckte, nur um sich anschließend ins Gesicht zu greifen. Die Fingernägel gruben sich in die Haut, Blut quoll hervor. Die Schreie waren plötzlich weniger gedämpft, dafür umso mechanischer, als würde kaltes Metall über eine Schiefertafel kratzen. Sie zog und zerrte an der Haut, unter Schmerzensschreien und brachte unglaubliche Kraft auf, um Fetzen der Haut abzureißen. Als die beiden hinter mir ebenfalls anfingen zu schreien, sah ich den Moment gekommen, um mein Leben zu rennen. Die Schreie waren ohrenbetäubend, und ich konnte sie immer noch hören, als ich zum gegenüberliegenden Gelände gelaufen war. Es war umringt von einer Mauer und mit einem Gittertor, das einen Spalt weit offen stand. Ich packte es, öffnete es hektisch, stürmte hindurch und schloss es hinter mir. Abriegeln war nicht möglich, denn das Tor hatte kein Schloss. Ich lief einfach weiter. Jeder Meter, den ich zwischen mich und diese Kreaturen bringen konnte, schien mir für mein Überleben wesentlich zu sein. Ein breiter Weg, umgeben von einer durchgehenden, hüfthohen Hecke führte mich geradewegs an die Pforten eines beeindruckend großen Gebäudes, dessen Ausmaße ich jedoch nicht ganz einschätzen konnte. Mit zitternder Hand packte ich den Griff der Eingangspforte.

Ich wusste nicht einmal, worum es sich bei diesem Gebäude handelte, ich lief einfach übereilt hinein, ohne auf ein Schild zu achten. Es hätte eine Schule sein können, oder irgendein Verwaltungsgebäude, vielleicht sogar die Stadthalle. Hatte Nevrille überhaupt eine Stadthalle? Ich hatte mich entweder nicht genau informiert oder es einfach vergessen. Die Schreie waren weg, weshalb meine Schritte sich etwas verlangsamten. Ich war vollkommen außer Atem, als ich nach mehreren verschlossenen Türen endlich eine fand, die nachgab und mich einließ. Der Raum war hell erleuchtet vom Tageslicht. Es schien sich um eine Art Archiv zu handeln, zahlreiche Schränke standen hier, aus denen man Schubladen ziehen konnte.

„Kann ich ihnen helfen?", erklang eine Stimme hinter mir. Erschrocken fuhr ich herum. Vor mir stand eine ganz normale Frau, Mitte 30, mit blonden, schulterlangen Haaren in einem schlichten, aber durchaus passenden Büro-Kleid, das auf die simple Kombination von Schwarz und Weiß setzte und mit den hohen Stöckelschuhen ein wenig kontrastierte. Sie wirkte trügerisch normal, weshalb ich erst einmal meine Klappe hielt.

Sie blickte mich fragend an. In ihrem Gesicht konnte man, wenn man dem geneigt war, so etwas wie Sorge ablesen. Hinter mir waren Schritte zu hören, das Klimpern von Tastaturen, Menschen redeten. Ich blickte mich kurz um. Ein halbes Dutzend Männer und Frauen gingen ihrer Arbeit nach.

„Geht es Ihnen gut?", hörte ich sie wieder fragen.

Ich nickte. „Das ist momentan eine schwierige Frage. Wo bin ich hier?"

Ihr Blick wurde prüfend. „In der Stadthalle. Das Schild ist eigentlich nicht zu übersehen. Abgesehen davon, sollten Sie wirklich vernünftige Kleider tragen. So kommen Sie rüber wie ein heruntergekommener Obdachloser."

Ich blickte an mir herab und entdeckte, dass meine Kleidung immer noch so zerfetzt war, wie zu dem Moment, als ich aus dem Loch geklettert war. Ich nutzte die Gelegenheit, um meine Gedanken kurz zu sortieren. Zurück zu Maria zu gehen, hielt ich vom Gefühl her für keine gute Idee, also sollte ich mich wieder auf meinen ursprünglichen Plan zurückbesinnen.

„Danke für den Tipp. Hören Sie, ich bin mir nicht ganz sicher, wie ich hier gelandet bin, aber wie komme ich von hier aus zum Springsten Hotel?"

Auf einmal war ich hellwach gewesen. Innerhalb von 20 Minuten war ich beim Hotel angekommen, das ein wenig abseits des Städtchens auf einem Hügel lag, von dem man den Ort gut überblicken konnte. Die Fassade stammte noch aus dem 19. Jahrhundert und wirkte wie ein typisches Herrenhaus. Innen würde es wahrscheinlich ganz anders aussehen, vermutete ich. Zwanghaft versuchte ich mich wieder auf meine Flucht zu konzentrieren. Ich wollte gar nicht daran denken, was mit mir geschah. Wahrscheinlich waren es einfach nur Träume, bedingt durch den Stress und das Fieber. Es war nur überraschend. Bei den letzten beiden Malen, an denen ich mein Leben zerstört hatte, war das nicht geschehen.

Vor dem eigentlichen Gebäude befand sich eine Wasserfontäne, bei der auch einige Parkplätze zu finden waren. Auf den meisten standen keine Wagen. Kein besonders beliebter Ort wie es mir schien, aber meines Wissens nach gab es hier auch kaum Attraktionen, die Touristen anziehen könnten.

Je weiter ich von diesem verdammten Ort weg kam, desto mehr konnte ich wieder Kraft schöpfen. Das bemerkte ich, als ich vor der Doppeltür des Hotels stand. Sollte ich nicht einfach wieder abhauen, und den Plan aufgeben? Zurück zum mittlerweile abgebrannten Haus? Es als Unfall verbuchen lassen und wieder zurück zum alten Leben, die alten Freundschaften weiter führen? Es war noch nicht zu spät, es war noch nicht so lange her, dass ich von dort weg gefahren war. Meine Hand griff bereits nach der Klinke, als ich bemerkte, dass ich nicht einmal mehr wusste, wie lange ich schon in diesem Ort war. Also hatte nicht nur meine Orientierung gelitten, sondern auch mein Zeitgefühl. Ich musste hier wieder weg, doch ich sollte zuerst wieder zu Kräften kommen.

Die eigentlich ganz nett wirkende Empfangsdame wusste nicht so richtig, wie sie auf mich reagieren sollte. Das könnte durchaus an meinem Aussehen gelegen haben, trug ich immer noch die gleichen, zerfetzten Kleider. Der Marsch auf den Hügel hatte natürlich auch einige Spuren an meiner Hose hinterlassen, obwohl der Weg eigentlich gut befestigt war. Doch der Regen hatte ihn so sehr aufgeweicht, dass bei jedem Schritt der Schlamm aufspritzte. Insgesamt musste ich wie ein durchschnittlicher Penner ausgesehen haben. Ich trug jedoch meine Brieftasche bei mir, auch wenn mein Koffer sich immer noch bei Maria befand. Das genügte, um mich auszuweisen und es sorgte bei ihr für eine sichtliche Entspannung, als sie gerade im Computer nach meiner Reservierung suchte.

Es war ruhig im Hotel, nur wenige Gäste befanden sich bei der kleinen Bar. Ein paar altmodische Möbel waren im Eingangsbereich zu sehen. Das wirkte schon sehr einladend, vor allem allem auf solche, die einfach nicht früh genug rasten konnten, oder die schlicht warten mussten. So wie ich eben.

„Ihre Reservierung ist eigentlich schon abgelaufen, doch da sonst niemand das Zimmer haben wollte, können Sie es in Anspruch nehmen", sagte die Dame nach einem Moment. Sie musterte mich noch einmal mit einem kritischen Blick. „Falls Sie unseren Wäschedienst in Anspruch nehmen wollen, können Sie das gerne über den Zimmerservice melden."

Sie unterbrach sich und musterte mich noch einmal gründlich.

„Falls Sie neue Kleider benötigen, wir haben einige Reserve-Outfits. Wenn Sie mir ihre Größe verraten, lasse ich sie Ihnen gerne auf ihr Zimmer bringen."

Ein Angebot, das ich dankend annahm. Kurz darauf hatte ich meine Schlüssel in der Hand und befand mich in einem alten Fahrstuhl, dessen Wände mit

Spiegeln verkleidet waren. Er wirkte überdimensioniert für das kleine Hotel, aber edel, vor allem weil er einen Marmorboden hatte, der jedoch merkwürdig trüb wirkte, sodass man sich nicht darin spiegeln konnte. Schade eigentlich, das ganze Hotel schien immer wieder mit Exzellenz zu flirten, war aber zu scheu, um eine wirkliche Beziehung damit einzugehen. Alles wirkte ein wenig zu alt oder zu jung, um stilvoll zu sein. Richtig wohl fühlen konnte man sich hier nicht, aber es sollte genügen, bis ich etwas Besseres in Aussicht hatte.

Das Zimmer gefiel mir. Ich hatte selbstverständlich die Suite gebucht, das luxuriöseste, was dieses Hotel zu bieten hatte. Das Doppelbett war tatsächlich gewaltig, aber sehr weich und bequem. Meine erste vernünftige Nacht sollte also entspannend werden. Der Fernseher war ähnlich riesig, aber passend modern. Das Bad war groß, hatte eine Wanne, Whirlpool und eine handelsübliche, fast deplatziert wirkende, Dusche. Zahlreiche andere Möbelstücke hatten Platz in dem sehr geräumigen Zimmer gefunden, doch sie weckten mein Interesse nicht so sehr, wie die Doppeltür, die auf den Balkon hinaus führte. Von dort aus hatte man einen guten Blick über einen gepflegten Ziergarten, dahinter sofort Wald. Der Ort war nicht zu sehen, er befand sich auf der anderen Seite des Hotels. Etwas tiefer im Wald jedoch, konnte man ein leichtes Schimmern ausmachen. Ein See vielleicht? Ich überlegte, ob es sich lohnen würde, sich dort zu einem späteren Zeitpunkt einmal umzusehen.

Obwohl es erst Nachmittag war, hing ich, nachdem ich meine Wäsche beim Zimmerservice abgegeben hatte, das „Nicht stören"-Schild an die Türklinke und legte mich anschließend auf das Bett. Der Schlaf kam schneller als erwartet und irgendwie war ich mir sicher, dass dieses Mal keine schrecklichen Träume auf mich warten sollten.

Am nächsten Morgen wurde ich erst wach, als die Sonne bereits in mein Zimmer hinein strahlte. Natürlich hatte ich keine Ahnung, ob es tatsächlich nur der nächste Morgen gewesen war, denn ich fühlte mich, als hätte ich mehrere Tage geschlafen und meine Glieder brauchten ungewöhnlich lange um sich wieder daran zu erinnern, wie es sich eigentlich anfühlte, wenn man sie bewegen wollte. Doch wenigstens hatte ich nicht schlecht geträumt. Nun, eigentlich war das eine Lüge, konnte ich mich nicht an das erinnern, was ich träumte, aber da ich meistens nur meine schlechten Träume in Erinnerung behielt, konnte das nur ein gutes Zeichen sein. Die Erleichterung darüber allein war Grund genug mit einer gehörigen Dosis Optimismus diesem Tag entgegen zu blicken.

Ich raffte mich also auf, schleppte mich unter die Dusche, sammelte meine sauberen, neuen Kleider ein, die zusammengefaltet vor meiner Tür lagen, zog sie an und lief leichtfüßig mit gedämpften Schritten die Treppe hinunter. Die Hose war ein wenig weit, aber das hellgraue Outfit passte mir ansonsten ganz gut. In einem angenehmen Saal, mit großen Frontfenstern mit Blick auf den Garten und Wald dahinter, wurde das Frühstücksbuffet serviert. Allerlei Brotsorten, hart gekochte Eier und der wahrscheinlich künstlichste Multivitaminsaft der Menschheitsgeschichte warteten dort auf den hungrigen und durstigen, aber sich durchaus bewusst ernährenden, Hotelgast.

Mit einer ganzen Kanne Kaffee, die ich von einem der Tische, unter den kritischen Augen eines älteren Pärchens, mitgehen gelassen hatte und einem distinkt britischen Frühstück, inklusive des obligatorischen Rühreis und zahlreichen Bratwürsten, setzte ich mich an einen Tisch für vier. Die Sonne schien prall durch die Fenster hinein und erhitzte den Raum angenehm. Mein enormer Appetit, der sich erst geregt hatte, als ich das britische Frühstück erblickt hatte, veranlasste mich dazu, mächtig reinzuhauen, sehr zum Erstaunen des älteren Paars. Ansonsten war niemand im Raum, zumindest nicht in dem Augenblick.

Denn als ich mich kurz umdrehte, betrat ein Mann, den ich nur vage auf Mitte 30 schätzen konnte, den Raum. Er trug einen Anzug, der den Begriff „Casual Friday" ziemlich perfekt verkörperte: Schlichtes schwarz, gepaart mit einem weißen Unterhemd und relativ eng geschnittene, fest sitzende Hosen. Sein kantiges Gesicht und seine breiten Schultern verliehen ihm eine Männlichkeit, welche auch der Ansatz einer Glatze unter seinem ansonsten dichten, schwarzen Haar nichts anhaben konnte. Sein Grinsen war zuversichtlich und sein Blick war auf mich fixiert. Oder auf das Buffet, das aus seiner Sicht direkt hinter mir war.

Er ging an meinem Tisch vorbei, ohne mir weitere Beachtung zu schenken. Ich versuchte mich aufs Essen zu konzentrieren, als er einen Tisch weiter Platz nahm, und seine Tasse Kaffee trank. Ein mageres Müsli hielt als Frühstück her. Und ehe ich mich versehen konnte, war er bereits fertig damit und verschwand wieder durch die Tür, durch die er eingetreten war.

Es war mir unerklärlich, wieso dieser Mann mich beschäftigte. Vielleicht lag es daran, dass er der einzige Hotelgast gewesen war, der meiner Altersklasse entsprach. Da fiel mir auf, bis auf Maria hatte ich in diesem Dorf nur ältere Menschen begegnet. Es war merkwürdig, jetzt wo ich darüber nachdachte. Der Ort war so abgelegen und verlassen, dass es auch nicht in meinen Erwartungen lag. Aber falls ich mich hier niederlassen wollte, wäre das ein ernsthaftes Problem.

Ich sollte so schnell wie möglich weg von hier. Ich wusste nicht einmal, was mich überhaupt noch hier hielt, aber nichts drängte mich mehr dazu, von hier abzuhauen. Die Träume schienen verschwunden zu sein. Lustig, mittlerweile konnte ich sogar darauf zurückblicken, als wären es Träume gewesen, dabei wirkten sie so real und bedrohlich.

Das Frühstück hielt mich nicht mehr allzu lange auf, und ich wollte mich gerade zu einem kleinen Spaziergang begeben, als ich mich in den Empfangsbereichs des Hotels begab. Was ich dort sah, überraschte mich: Maria stand gerade bei der Empfangsdame und redete auf diese ein. Es war mir unmöglich, zu hören, worum es ging, jedoch wirkte sie sehr aufgeregt.

„Maria?"

Sie drehte sich hektisch nach mir um. Ihr Gesicht zeigte pure Empörung, ihre Haare waren komplett durcheinander. Sie wirkte als wäre sie gerade erst vollkommen überhastet aus dem eigenen Haus gestürmt. Die Irritation war schwer zu übersehen.

„Wo zur Hölle warst du? Du bist einfach verschwunden!", schrie sie. Man hätte es eine Szene nennen können, wenn sonst noch jemand im Hotel gewesen wäre. Aber in diesem Moment hätte es bis auf die Rezeptionistin, die sich sehr bemühte, so zu tun, als bekäme sie nichts davon mit, und uns beide eigentlich nicht leerer sein können. Obwohl überzogen, war ihre Reaktion, rückblickend, dennoch verständlich. In ihren Augen war ich wahrscheinlich über Nacht einfach verschwunden. Doch bevor ich erklären konnte was passiert war, oder sagen wir, bevor ich mir ausdenken konnte, welche Version dessen, was mir zugestoßen war, mich nicht wie einen ausgemachten Spinner oder Psychopathen dastehen ließ, trat eine weitere Person in die Empfangshalle. Eine hochgeschossene Frau mit kurzem blonden Haar trat herein. An ihrer Uniform war leicht zu erkennen, dass es sich um eine Polizistin handelte.

Morgane Dayne.

So lautete ihr Name, den sie mir nannte, als sie an mich herangetreten war. Maria hatte also die Polizei eingeschaltet als sie nach mir suchte. Schien, als läge ich ihr wirklich am Herzen. Die Mimik der Polizistin wirkte starr, aber das konnte auch an der überdimensionierten Sonnenbrille liegen, die es mir nicht möglich machte, ihre Augen dahinter zu sehen. Verdammt schade, dachte ich, wirkte sie doch alles andere als unattraktiv.

„Ist er das?"

Sie wirkte etwas unterkühlt, als sie das Maria fragte. Die nickte nur zur Antwort.

Danach war sie wieder ganz schnell verschwunden. Maria sagte nichts über sie, das brauchte sie auch nicht, es war eindeutig, wieso sie hier gewesen war.

„Wo warst du? Ich hab dich stundenlang gesucht! Geht es dir gut?"

Ich musste lachen, trotz ihres sorgenerfüllten Gesichts.

„Ja, es ist alles in Ordnung. Es ist einfach so viel gleichzeitig passiert... es... es ist schwer zu erklären."

Genau das war es auch. Ich konnte mir nicht erklären, was genau passiert war. Ich wusste nur, dass ich das jetzt hinter mir gelassen hatte. Genau so wie mein voriges Leben. Und die davor.

Nach diesen Worten beruhigte sie sich etwas. Sie strich sich eine Strähne aus dem Gesicht, schien kurz zu überlegen, bevor sie mich fragte, ob ich an dem Abend schon etwas vorhätte.

Wir sollten uns bei ihr treffen. Das hatte mich nicht sonderlich überrascht, aber ich war darauf gespannt, ob sie eine gute Köchin wäre oder nicht. Es wirkte surreal, die enge Straße runter zu gehen, als die Sonne langsam am Horizont verschwand. Die Gesamtheit von Nevrille war von hier aus zu sehen. Es wirkte eigentlich ansehnlich, zumindest aus dieser Distanz und mit der Sonne, die langsam verschwand und die alles in ein wunderschönes Gold tauchte.

Der Abend begann ruhig. Die einzelne Kerze schien fast romantisch, irgendwo im Raum brannte auch noch eine Lampe, aber sie war nicht zu sehen. Maria schien sich etwas beruhigt zu haben. Sie fragte nicht mehr danach, wo ich gewesen war. Ich hatte ihr gleich zu Beginn erklärt, dass mich Kopfschmerzen und die Verwirrung gepackt hätten. Das Hotel hatte ich davor schon gebucht, und ich wollte die Reservierung nicht verstreichen lassen, weshalb ich mich auch sofort dorthin begeben hatte. Meine lange Ruhezeit erklärte die restliche Dauer meiner Abwesenheit.

Während ich ihr all dies erklärte, hörte sie mir gebannt zu. Zu meiner Überraschung glaubte sie mir auch alles auf Anhieb. Wieso sollte sie mir auch misstrauen - es entsprach doch zum größten Teil der Wahrheit.

Das Essen war einfach, aber schmackhaft. Eine Tomatensuppe, gefolgt von einem dünnen Steak mit Erbsen. Es erinnerte mich an früher. Dazu eine Flasche guten Rotweins.

„Wieso bist du eigentlich hierher gekommen?"

Das Gespräch hatte sich bis hierhin eigentlich nur an Belanglosigkeiten entlang gehangelt. Die Frage war jedoch offensichtlich und ich war darüber überrascht, dass sie mir erst jetzt gestellt wurde.

„Nun, ich bin auf der Suche nach Inspiration."

„Inspiration?", eine Spur von Ungläubigkeit war aus ihrer Stimme heraus zu hören. Davon ließ ich mich allerdings nicht irritieren.

„Ich bin Schriftsteller."

Ihre Augen verrieten plötzlich aufkeimendes Interesse.

„Woran schreibst du?"

Ich musste kurz lachen. Über die Geschichte hatte ich mir noch nicht so viele Gedanken gemacht, als dass ich das einfach so klären konnte. Mit einer Prise Charme konnte ich vielleicht darüber hinweg täuschen.

„Genau darin liegt das Problem. Mir fehlt im Moment einfach die Inspiration, um ein neues Buch anzufangen. Deshalb bin ich hierhin gekommen. Vielleicht fällt mir ja hier etwas ein. Ruhig genug ist es ja."

„Dein Aufenthalt hier war eigentlich alles andere als ruhig, so zumindest mein Eindruck", bemerkte sie geradezu beiläufig.

„Das Schlimme daran ist, dass ich mir nicht einmal erklären kann, woran das liegt. Ich meine, das Städtchen hier ist doch das reinste Idyll."

Sie nickte zustimmend bevor sie die Gabel kurz niederlegte und sich etwas roten Wein einschenkte. Sie blickte mich kurz fragend an und deutete mit der Flasche. Ich reichte ihr das leere Glas mit meiner Rechten und sie füllte es galant.

„Die meisten würden es als langweilig beschreiben", sagte sie schließlich.

„Wieso das? Es ist doch ganz beschaulich!"

Der Rotwein verriet seine Schwere bereits beim ersten Schluck. Er drang einem geradewegs in die Knochen.

„Es geschieht so selten etwas Interessantes hier, ich kann mir nicht vorstellen, wie du ausgerechnet an diesem Ort Inspiration finden möchtest."

„Ich versuche keine Inspiration zu finden. Meistens reicht es, dass die Inspiration mich findet."

„Sehr geschickt ausgedrückt. Hast du bereits etwas publiziert?"

Eine kritische Frage. Ich konnte nicht einfach so Bücher erfinden, denn sie könnte nachforschen und herausfinden, dass das ganze nur erfunden war.

„Ich habe mit dem Gedanken gespielt, im Eigenverlag zu publizieren. Jedoch habe ich bisher nichts geschrieben, was gut genug gewesen wäre."

Sie lächelte.

„Du bist also nicht wirklich ein Schriftsteller. Ich meine, du hast noch nicht publiziert. Wovon hast du bisher gelebt?"

„Von einer Erbschaft. Eine wohlhabende Familie zu haben, ist ein ziemlicher Vorteil."

Ich nahm einen weiteren Schluck, der meine Nervosität übertünchen sollte. Ob sie den Bluff schluckte?

„Glückskeks!"

'Oh, du hast keine Ahnung', war mein Gedanke. Der Wein fing an, mir zunehmend zu munden und ich nahm einen weiteren Schluck. Er wirkte mit der Zeit schwerer und schwerer. Meine Bewegungen schienen immer mehr wie in Zeitlupe zu verlaufen.

„Ein guter Wein! Welche Sorte?"

„Mein absoluter Lieblingswein. Ich hab ihn bei einer Reise durch den Süden Italiens entdeckt."

„Welche Gegend? Ich war da auch schon öfters im Urlaub."

Die Worte kamen nur noch gepresst heraus. Ich fühlte mich müde und schlaff. Das konnte unmöglich der Alkohol sein! Ich versuchte, aufzustehen, kam jedoch ins Taumeln. Die Welt verlor an Farbe.

Tropfen fielen auf mein Gesicht. Sie mussten aus großer Höhe fallen, denn sie fühlten sich an wie kleine, spitze Nägel, die nach und nach auf meine Haut prasselten, sie nicht verletzten, aber sie trotzdem so sehr irritierten, dass es schmerzte. Ich wollte meine Augen nicht öffnen, aus Angst, sie könnten von den Tropfen verletzt werden. Mit meinem Gesicht zur Seite gedreht, richtete ich mich auf und öffnete langsam meine Augenlider. Die Dunkelheit wich und vor mir befand sich ein pechschwarzes Gesicht einer mir unbekannten Person. Es stand auf dem Kopf, oder ich stand auf dem Kopf, ich konnte das noch nicht feststellen. Ihre Augen waren geschlossen, um sie herum befand sich ein schwarzes Nichts. Eine schwarze Flüssigkeit, zäh wie Teer oder Blut, rann von ihrem Gesicht und entstellte sie. Ihre kurzen Haare hingen gen Boden, wirkten wie schwarze, tote Schlangen, deren Rippen hervortraten. Die Lider schreckten hoch, die

Augen starrten leer vor sich hin, ein erstickter, zerschmetternder Schrei, die Flüssigkeit, Blut, ich war mir nun sicher, dass es Blut sein musste, stieß sie laut hustend hervor.

Aus meinen Augenwinkeln waren Bewegungen wahrzunehmen. Das Wagnis, danach zu sehen, ging ich nicht ein. Was sich nur wenige Zentimeter vor meinem eigenen Gesicht abspielte, bannte mich. Hände stießen aus dem Dickicht hervor, lange strähnige Fäden an Flüssigkeit glitten an ihnen wie in Zeitlupe herunter und benässten geräuschlos den Boden um mich herum. Unter meinen Händen, mit denen ich mich stützte, befand sich nasser, glatter Stein, der so kalt war, dass meine Hände davon froren und zitterten.

Das Gesicht nahm erneut Luft, das schwarze Blut rann aus Nase, Augen und Mund, schlang sich zuckend über das Haar auf den Boden und fand dort ein eigenes Leben. Die Ströme, sie schlängelten sich mir entgegen, als die Hände nach ihren Lippen griffen und mit verzweifelter Kraft an ihnen zerrten. Sie zerrissen mit einem lauten Schnappen, erbrachen Flüsse des Schwarzen, das sich weiter am Boden sammelte. Das Dunkel griff nach meinen Beinen, ich rutschte davon weg, stand auf. Der Schrei, halb Schmerz, halb Wut, stammte nicht von dem einem Gesicht vor mir, sondern von mehreren Dutzend, die ihm gemeinsam diese ungemeine Wucht verliehen. Um mich herum wiederholte sich dies unzählige Male, ich war von diesem grauenhaften Schauspiel geradezu eingekesselt. Einzig von Oben fiel Licht herab, der Mond, oben am Himmel, spendete es. Es gab nur einen Ausweg, dem Licht entgegen. Immer mehr Hände zerrissen immer mehr Gesichter, die unendlich nachzuwachsen schienen. Der Schmerz war endlos, die Flüssigkeit stand mir bereits bis zu den Knien als mein Entschluss feststand. Ich griff nach einem Kinn und zog mich daran hoch. Baren Fußes stieg ich an den Gesichtern empor. Zunächst zögerlich, da ich befürchtete, gebissen zu werden. Doch die Zähne waren verfault und fielen, wie schwarze, verwelkte Blüten, aus den Mündern der verrotteten Biester. Nach einigen Etappen griff ich nach den aus dem Dunkel schnellenden Händen, die kräftig zupackten, ihre Nägel in mein Fleisch gruben, bis sie zerbrachen. Ich riss an ihnen, bis die Ellenbögen kraftlos herausragten, an denen ich mich ebenfalls abstützen konnte.

Der Aufstieg schien eine halbe Ewigkeit zu dauern. Als ich mich aufraffte, befand sich um mich nur dunkelster Wald, vom Mondlicht gerade genug beleuchtet, um als solcher erkannt zu werden. Ich lief ihm entgegen, ich musste vom Brunnen weg, dem ich entstiegen war - egal wohin, Hauptsache weg!

Das Gestrüpp des Waldes war eine einzige schwarze Wand. Mit Nachdruck konnte ich mich durchzwängen, doch es fühlte sich an, als würden mir

die Kleider von unsichtbaren Händen vom Leib geris-
sen. Unbeholfen stolperte ich ins Freie, doch die Äste
griffen nach mir, schnitten in das Fleisch meiner
Oberarme als ich versuchte weiter zu rennen. Vollkommen außer Atem trieb mich die Furcht an. Ich
weinte, der Boden war klitschnass unter meinen Fü-
ßen und ich wunderte mich, weshalb ich nicht aus-
rutschte. Doch die Kraft der Verzweiflung hielt mich
auf den Beinen, trieb mich an. Die Schmerzen in meinen Armen waren beinahe vergessen, als ich die Lichtung erreichte. Vor mir ragte ein altes Gemäuer auf,
das ich nur auf den zweiten Blick erkennen konnte:
eine alte, verlassene Kirche. Aus den Augenwinkeln
konnte ich zwischen den Bäumen, die dicht um das
Gebäude herum standen, Bewegungen ausmachen.
Mir blieb keine andere Wahl, das alte Gemäuer war
mein einziger Zufluchtsort in dieser Situation.

Schleppend erreichte ich die Pforte an der Vor-
derseite, nur um erneut von vollkommen ratlos halt
machen zu müssen. Es gab keinen Griff oder eine
Pforte im engeren Sinne. Stattdessen befand sich
dort ein gigantisches, steinernes Gesicht, als sei es
das einer alten, abgenutzten Puppe. Nur hatte sie keine Augen, ihre Nase war eine Grube und ein brüchi-
ges Loch klaffte, wo der Mund hätte sein sollen. Ohren oder Haare suchte man vergebens. Ich konnte
mir nicht erschließen, was ich hier ausrichten konnte,
doch die Schemen und Schatten des Waldes drängten

mich dazu, etwas zu tun. Ein Blick in den Mund der reglosen Figur verriet mir, dass sich ein Griff darin befand. Zögernd reichte ich mit der Hand in das klaffende Loch, bekam eine Art metallenen Griff zu packen. Die Pforte schien zu klemmen, also riss ich, von Panik angetrieben, an ihr. Meine eigene Stimme hörte sich verzerrt an, als ich unter der Bemühung aufstöhnte. Mit einem Ruck riss der Griff ab, meine Hand schien meinen Oberkörper mit nach hinten zu schleudern. Ein lautes Klirren und die Öffnung weitete sich auf einen Schlag nochmal als das Gesicht weiter zerbrach. Schwarze, pechartige Flüssigkeit trat zunächst nur langsam heraus. Dann entstanden Ströme und bevor ich mich vom Boden aufrappeln konnte, schoss ein schrecklicher Strahl der schwarzen Flüssigkeit mir entgegen, traf mich am Oberkörper und ins Gesicht. Es drang in meinen Mund ein, ich verschluckte mich und fürchtete, zu ersticken, als der Boden unter mir zuerst aufweichte, dann nachgab, und schließlich einbrach. All dies geschah in einer Geschwindigkeit, die mir keine Gelegenheit zum Reagieren ließ. Ich fiel in die Finsternis zurück.

Der Boden unter mir fühlte sich schwammig an und war von der schwarzen Flüssigkeit durchsetzt. Mein Mund fühlte sich an, als sei er mit Teer gefüllt und der Geschmack reiner Säure war allgegenwärtig. Ich spie mehrmals aus. Was war das für eine Flüssigkeit? Handelte es sich dabei wirklich um Blut, so wie ich das vorhin vermutet hatte? Ein Blick nach oben verriet, dass durch das Loch immer noch die Substanz hierhin drang. Die Pfützen schimmerten und erst da bemerkte ich, dass es eine Lichtquelle geben musste. Hinter mir befand sich eine alte Laterne, in der eine einzelne Flamme das warme Licht spendete. Ich rappelte mich schnell auf und griff nach der Laterne. Sie war bemerkenswert schwer, aber ich konnte sie problemlos tragen. Keine Schmerzen waren zu spüren, was mich wunderte, denn ich musste mindestens zehn Meter tief gefallen sein. Weder an den Fall selbst, noch an den Aufprall konnte ich mich erinnern, also war es unmöglich gewesen, zu wissen, wie viel Zeit vergangen war. Vielleicht lag es daran, dass dies hier die ersten ruhigen Minuten waren, aber mir dämmerte es, dass das hier alles nicht real sein konnte, ja es nicht sein durfte. War es ein Traum? Dafür fühlte ich mich viel zu aufgeweckt, doch ich konnte mich irren. Wieso wollte ich nicht aufwachen? Oder stand ich unter Drogen? Ich konnte es nicht einschätzen, denn meine Erfahrungen damit waren ziemlich beschränkt. In dem Moment konnte ich ein Geräusch hören. Es klang, wie ein altes Gewinde, das sich wieder aufzog. Ich hielt die Lampe in Richtung der Finsternis, wo ich vermutete, dass die Höhle noch weiter hinein führte. Mit einem Schreck sah ich einen Fuß am Boden, der ein wenig durch den Schlamm glitt. Mit einem Klicken stampfte ein zweiter zwei Hand breit links davon auf den Boden, so dass die Brühe aufspritzte. Atemlos sprang ich ein paar Schritte zurück. Es klickte mehrmals und das Stampfen weiterer Füße erklang. Wie viele waren es? Ich trat auf etwas Festes, als ich rückwärts stolperte. Am Boden befand sich eine Fackel, an deren Ende sich Stoff befand. Instinktiv hob ich sie auf und öffnete die Klappe meiner Lampe. Binnen weniger Augenblicke loderte der Stoff und spendete reichlich Licht und Wärme.

Was ich daraufhin sah, konnte nicht mehr meinem eigenen Albtraum entsprungen sein. Vor mir baute sich das Gesicht, das zuvor an der Kirchenpforte zu sehen war, auf. Beine sprossen hinter der Maske hervor, zeigten ziellos in jede Richtung, versuchten zu treten, doch die wenigsten fanden Grund. Ein atemloses Stöhnen drang aus der Öffnung, langsam machte es Schritte auf mich zu. Stumm starrte ich es mit meiner erhobenen Fackel in der Hand an. Da sich hinter mir nur eine Wand aus reiner Erde befand, und das Loch über mir in unerreichbarer Ferne lag, gab es für mich keine andere Möglichkeit mehr, als mich diesem Ding zu stellen. Ausdruckslos starrte die Ausgeburt mich an und ich wusste, sie würde nicht einfach aufgeben. Ich stellte die Lampe zu Boden und schwang die Fackel versuchsweise in die Richtung des Gesichtes. Es schien Angst vor dem Feuer zu haben und taumelte etwas zurück. Also ging ich auf es zu, die Fackel starr vor mich haltend. Die Beine traten danach, doch sie waren zu kurz und konnten ihr nichts anhaben. Ich fühlte mich im Vorteil, schwang die Fackel in die Richtung des Biestes, und das Stöhnen wurde zum Schrei, als die Fackel eines der Beine traf. Es krampfte und zitterte, bevor es leblos zu Boden viel. Binnen Sekunden verfärbte es sich vom bleichen Weiß in ein abgestorbenes Grau.

Es ließ sich weiter zurückdrängen, während es schrecklich schrie. Das Biest schien Schmerzen empfinden zu können, es war also nicht so leblos, wie es anfangs wirkte. An der Stelle, an der das eine Bein abgefallen war, wuchs zu meiner Erschütterung bereits ein anderes nach. Zunächst war es nur eine kleine schwarze Beule gewesen, doch diese platzte alsbald auf und ein neues Bein stieß blind daraus hervor.

Die Erschöpfung machte sich nach und nach mehr bei mir bemerkbar. Ich drängte das Vieh bereits eine halbe Ewigkeit vor mir her. Die Höhle führte immer weiter in die Tiefe, oder zumindest hatte ich dieses Gefühl. Die Ausweglosigkeit trieb mich voran, oder wenigstens dachte ich das, bis hinter mir ein Platschen zu hören war. Ich wusste nicht, was mir dort durch das Loch, durch das ich gefallen war, gefolgt war. Und ich wollte es gar nicht wissen. Getrieben von Angst, schlug ich mehrmals wagemutig mit der Fackel nach dem Ding, das weiterhin grauenhaft schrie. Bei einem besonders gewagten Vorstoß, kippte das Ungetüm, wild strampelnd, auf den Rücken. Es ratterte laut, vermutlich sprossen bereits Beine auf dessen Rückseite, damit es wieder aufstehen konnte. Ich brachte meinen gesamten Mut auf, stürmte an das Ding heran, und stach die Fackel in die Tiefe der Mundhöhle, aus der weiter Schreie stiegen. Es fing sofort Feuer, die Beine fielen ab, wie Laub von einem Baum und ein einziger, laut gellender Schrei fuhr durch die Höhle und drang durch mein Mark. Doch es war nicht der einzige, mehrere Schreie stiegen von dort entgegen, wo ich vorhin das Platschen gehört hatte. Meine Neugierde hielt sich weiterhin in Grenzen, ich zog die Fackel aus dem sterbenden Monstrum und rannte weiter in die Tiefe. Die Panik, die meinen Verstand gepackt hatte und mittlerweile beherrschte, machte mir weiß, dass es eine kluge Entscheidung war, einfach loszurennen.

Der Gang, der sich leicht nach unten neigte, fand sein Ende in einer weiteren Höhle, die keinen Ausgang zu bieten schien. Weitere Unruhe machte sich bereits in mir breit, als ich eine kleine Öffnung sah. Ein Loch, gerade groß genug für mich, klaffte auf der Höhe meines Kopfes. Mehrere Versuche waren nötig, damit ich mich hinein hieven konnte, doch es gelang mir. Ich kroch langsam aufwärts, einem schwachen Licht entgegen. Die Fackel musste ich zurücklassen und der lehmige Untergrund schien mir mehr und mehr die Wärme zu rauben. Dennoch robbte ich durch den viel zu engen Tunnel, in der Hoffnung, er würde im Freien enden.

Es schien, als wären Stunden vergangen, als ich endlich an die Oberfläche gelang und damit meinem Gefängnis entfliehen konnte. Es war Morgen, die Sonne stieg ebenfalls noch aus der Dunkelheit. Ich befand mich am Rande des Waldes, nahe dem Ufer eines Sees. In der Ferne sah ich das Hotel. Müde machte ich mich auf den Weg dorthin, während ich versuchte zu vergessen, was hier geschehen war.

In der kleinen Eingangshalle warf man mir unzählige irritierte Blicke entgegen. Mein eigentlich ganz respektabler Anzug war zerrissen und schmutzig, von Schlamm durchtränkt. Keine Spur jedoch von der schwarzen Flüssigkeit. Ich versuchte, das ganze möglichst gelassen mit einem lässigen Grinsen zu kontern und begab mich zu meinem Hotelzimmer. Merkwürdigerweise trug ich noch die Schlüssel dazu in meiner Tasche. Sie schienen nicht verloren gegangen zu sein, was nicht meinen Erwartungen entsprach. Das Bett starrte mich sehnsüchtig an, doch ich fühlte mich seltsamerweise zu ausgeruht, als dass ich mich hinlegen konnte und noch mehr schlafen konnte. Nein, eine Dusche, danach sehnte ich mich wesentlich mehr!

Tatsächlich fühlte ich mich danach wie neu geboren, auch wenn die Nervosität noch an mir nagte. Ein

Blick auf die Uhr verriet, dass es beinahe Mittag war. Das sollte bedeuten, dass gerade das Mittagsessen im kleinen Hotelrestaurant bereit war. Ich wägte ab, was ich heute tun sollte und mich zuerst einmal zu stärken schien mir eine gute Idee. Glücklicherweise hatte jemand im Hotel daran gedacht, einen neuen Ersatzanzug zu liefern. Eine kleine Notiz darauf vermerkte, ich solle doch bitte demnächst meine eigenen Kleider benutzen. Der Zettel landete im Papierkorb. Neuer Anzug, neues Glück.

Kaum trat ich in den Speiseraum ein, bemerkte ich wieder eines der alten Paare sowie den Kerl, der mir beim letzten Frühstück bereits aufgefallen war. Er schien mich bemerkt zu haben und winkte mich zu ihm rüber. Überrascht und auch ein wenig verwirrt zeigte ich mit dem Finger auf mich selbst. Der fragende Blick sollte klar vermitteln, dass ich mir nicht sicher war, ob er mich meinte. Er lachte auf, was einige sehr charmante Falten entblößte, die seinem reif wirkenden Gesicht doch sehr schmeichelten.

„Natürlich meine ich Sie, wen sonst? Das Hotel ist menschenleer", rief er etwas übermütig. Das Paar blickte entgeistert in unsere Richtung. Ich konnte es ihnen nicht verübeln, ihre schiere Existenz wurde gerade verneint. Mit betont selbstsicheren und gelassenen Schritten eilte ich rüber zu dem Tisch und nahm gegenüber des Kerls Platz. Er reichte mir die Hand.

„Jeffrey Carlston, erfreut. Was bringt sie her?", stellte er sich vor. Übertölpelt davon, dass er nicht nach meinem Namen fragte, schüttelte ich ihm die Hand.

„Die Ruhe", antwortete ich versuchsweise.

Er lachte wieder auf. Es war eines dieser leicht überheblichen Lachen, bei denen sämtliche Zähne entblößt wurden.

„Dann hast du die richtige Adresse gefunden. Ich darf dich duzen, oder?"

Eine Kellnerin kam heran und sang uns die beiden Tagesmenüs vor. Eines davon war vegetarisch, was mich etwas überraschte, aber einige Trends des modernen Lebens scheinen schon in Nevrille Fuß gefasst zu haben. Wir beide nahmen die vegetarischen Cannelloni mit einer Tomatensuppe als Vorspeise. Wenn es nur halb so gut schmecken würde wie es klang, würde es bergauf mit diesem hochgradig absurden Tag gehen.

Wir unterhielten uns bis zur Ankunft der Tomatensuppe über allerlei Belangloses. Ich erzählte ihm, inwiefern Nevrille der perfekte Ort zum Ausspannen sei. Ruhig, abgelegen, wenig Einwohner, aber gerade einmal urban genug, um einem das Wesentlichste bieten zu können. Wie etwa dieses Hotel.

„Ich bin bereits zwei Wochen hier und es ist absolut himmlisch. Hast du schon den Denson-See besichtigt?"

Ich nahm an, dass es sich dabei um den See handelte, in dessen Nähe ich mich wieder gefunden hatte. Deshalb wusste ich nicht ganz, ob „Besichtigen" das richtige Wort gewesen wäre.

„Nicht direkt, nein", antwortete ich also, relativ wahrheitsgetreu.

Er winkte ab. „Ein großartiger Ort zum Entspannen. Ich hab letztens noch eine Besucherin dort zum Picknick mitgenommen. Es war himmlisch! Leider ist sie bereits abgereist."

Die Tomatensuppe schmeckte gut, dank eines sehr nuancierten Einsatzes von Gewürzen. Ich fragte mich, ob ich meine Geschichte, dass ich ein Autor sei, auch hier erzählen sollte. Damit würde sich eine gewisse Konfusion vermeiden lassen, nicht dass ich jedem eine andere Geschichte auftischte. Vielleicht sollte ich mir eine Alibi-Schreibmaschine anschaffen? Damit ließe sich auf jeden Fall gut genug vortäuschen, dass ich irgendein altmodischer Schriftsteller sei, der noch Wert auf die alten Geräte legte. Wenn schon vorgetäuschter Schriftsteller, dann schon wenigstens mit Stil. Mit Computern konnte ich sowieso herzlich wenig anfangen.

Wir waren still während wir die Suppe löffelten. Erst als die Kellnerin wieder auftauchte, um die leeren Schüsseln mitzunehmen, setzten wir unser Gespräch wieder fort.

„Hast du jemals die Kirche besucht?"

„Das alte Gemäuer etwas vom See weg? Nein, ich habe es immer nur aus der Distanz gesehen. Warst du etwa dort?"

Ich schüttelte den Kopf. Auch wenn es nicht der Wahrheit entsprach, ich konnte ihm wohl kaum erklären was dort vorgefallen war. Verdammt, ich konnte es mir ja nicht einmal selbst erklären. Was war nur mit mir los, seit ich in diesem Dorf gelandet war?

„Es ist eine sehr interessante Ruine. Das Gebäude wird seit den 40ern nicht mehr benutzt. Die neuere Kirche hat das alte Ding leider ziemlich überflüssig gemacht. Weil die Stadtverwaltung Geld sparen wollte, scheiterten leider die Bemühungen, die alte Kirche unter Denkmalschutz zu stellen, weshalb sie zunehmend zerfiel", erklärte er unaufgefordert.

„Klingt tragisch", meinte ich daraufhin trocken.

„Ja, aber interessant ist auch, dass sich dort immer wieder Jugendliche treffen um eine Art wilde Hochzeit oder sonstige Rituale zu veranstalten. Und weil das Ding so alt ist, weiß auch keiner so direkt, was sich in den alten Gewölben darunter alles so befindet. Es wundert mich schon irgendwie, dass noch keiner wirklich Nachforschungen dazu angestellt hat", erzählte er weiter.

„Schon merkwürdig, ja. Aber wieso erzählst du mir das?", fragte ich schließlich.

Er schüttelte den Kopf.

„Einfach so, ich glaube der Ort wird oft unterschätzt und das alte Gemäuer ist eigentlich eines der interessanteren Relikte, die man hier in der Gegend so finden kann."

Ich nickte so, als würde ich ihm zustimmen wollen.

„Was genau machst du eigentlich hier?", fragte ich schließlich.

Er blickte mich bei dieser Frage etwas erstaunt an, so als hätte ich nicht das Recht, ihm die gleichen Fragen zu stellen, die er auch mir gestellt hatte. Dann lächelte er mit gespielter Gelassenheit. Hatte auch er etwas zu verbergen?

„Es ist ein wenig... kompliziert."

Das letzte Wort war überbetont und wollte nicht wirklich in den Satz hinein passen. Ich war nicht wirklich ein Schriftsteller und trotzdem fiel es mir auf.

„Ich mache hier einige Nachforschungen, für einen Auftraggeber, der sich nicht zu schade ist, allerlei Spesen abzudecken."

„Bist du vielleicht ein Journalist?"

„So etwas in der Art."

Die Antwort war unbefriedigend, aber leider kam in diesem Moment der Hauptgang und unterbrach das Gespräch. Er lenkte es daraufhin in eine andere Richtung, was es mir leider nicht ermöglichte, noch einmal nachzuhaken. Ich war eigentlich kein bisschen klüger geworden, durch das Gespräch. Doch hatte ich mittlerweile fest vor, später noch etwas zu recherchieren.

„Dabei fällt mir ein, bist du eigentlich verheiratet?"

Die Frage kam einfach aus dem Fluss des Gespräches, dem ich eigentlich nicht folgte. Sie irritierte mich kurz.

„Nicht mehr."

Er hob seine Augenbrauen, als er das Weinglas an seine Lippen hob.

„Klingt schmerzhaft."

„Es... war mit gewissen Verlusten verbunden."

Es gab eine unangenehme Pause, die leider nur von mir gebrochen werden konnte.

„Autounfall."

Er nickte.

„Meine Frau und meine Tochter sind dabei ums Leben gekommen."

„Wer war der Fahrer?"

Ich war der Fahrer an diesem Abend gewesen. Wir hatten uns schrecklich gestritten. Judith wollte einfach nicht aufhören und auch ich war zu stur gewesen, als dass ich auch nur einen Millimeter nachgegeben hätte. Sara war die ganze Fahrt über still gewesen. Ich wusste nicht einmal mehr worum es in dem Streit ging. Etwas war auf der Straße, ein Schatten, ein Schemen, es wirkte wie die Silhouette eines Kindes, es hätte aber auch ein Tier gewesen sein können. Ich verlor die Kontrolle. Sara schrie. Judith wollte etwas rufen, doch das Kreischen des Metalls ließ beide für immer verstummen.

Doch das erzählte ich nicht. Ich beließ es bei der einfachsten und ersichtlichsten Tatsache.

„Ich."

Da ich fertig mit Essen war und die Stimmung bereits nachhaltig vergiftet war, hatte ich kein Problem damit, mich kurz höflich zu entschuldigen und zu gehen. Die Erinnerungen verursachten mir Schmerzen, die ich eigentlich verdrängen wollte.

Meine Ruhelosigkeit trieb mich zunächst in mein Hotelzimmer. Ich wollte weg von dem Gespräch und der Vergangenheit, doch ich fragte mich, wohin ich gehen sollte. Ich saß auf dem Bett und starrte regungslos vor mich hin. Ich brauchte einen Ort, an dem ich mich ablenken und mich etwas entspannen konnte. Das Gemäuer am See, von dem mir der Kerl erzählt hatte, fiel mir wieder ein. Vielleicht würde es sich lohnen, sich dort einmal umzusehen? Da mir auch nach einigen Momenten des Nachdenkens keine bessere Idee kam, war der Entschluss gefasst.

Es dauerte eine gute Stunde, bis ich beim See angelangte und die Sonne hing bereits bedrohlich am Horizont, drohte damit, der Dunkelheit nachzugeben.

Es wäre unklug, jetzt noch in den Wald hinein zu gehen. Doch ich befand mich bereits fernab der Weisheit, reagierte und handelte nur noch instinktiv. Mein Körper nahm es stumm hin, irgendwo pochte ein Schmerz, dessen Quelle ich nur vermuten konnte. Meine Beine stapften den Hügel hinauf, zwischen die Baumstämme drängte sich mein Körper und trat in die Lichtung. Das Gemäuer stand da. Genau wie in meinem nächtlichen Erlebnis. Die Pforte fehlte. Kein Gesicht klaffte in ihr. Als von der Sonne nichts mehr zu sehen war trat ich ein.

Mich begrüßten leere Gebetsbänke, die teils verschoben waren und nicht mehr parallel zueinander standen. Das Holz wirkte morsch, verwittert, der Boden brüchig und kalt. Das Innere der Kirche zeigte nur noch Hinweise auf den einstigen Glanz, die Seligkeit und die Freude die an diesem Ort einst geherrscht hatten. Feuchtigkeit und Flecken säumten die Wände, wo einst Kreuze hingen fanden sich nur Schatten.

Der Priester stand hinter dem Altar. Unverändert lächelte er mich an. Meine Fassungslosigkeit musste sichtbar gewesen sein, irritierte ihn jedoch nicht.

„Willkommen zurück, mein Sohn!"

„Wovon reden Sie? Ich war noch nie hier. Abgesehen davon, was sollte der Unsinn vom letzten Mal? Und wieso waren Sie so schnell wieder verschwunden?"

Sein Grinsen wirkte starr, als hätte er keine andere Möglichkeit es zu tun. Ich bemerkte ein kleines Zucken am Rande seiner Lippen. Es war kaum zu merken, aber es war da!

„Wieso läufst du vor deiner Vergangenheit weg, mein Sohn? Du wirst nie Erlösung finden, wenn du immer nur rennst. Du musst dich ihr stellen, wenn du weiterkommen willst."

Ich wusste im ersten Moment nicht, was mich an seiner Aussage schockierte. Ich vermutete, es war die Wut darüber, dass er mir nicht antwortete. Dann war es die Tatsache, dass er den wunden Punkt getroffen hatte, und das mit der simpelsten Frage überhaupt, der Frage nach dem Warum dieses ganzen Unsinns.

„Feuer kann deine Schuld nicht tilgen, mein Sohn", stellte er fest.

„Woher wissen Sie das?"

„Es sollte dem flüchtigen Beobachter offensichtlich sein, dass du dich nur selbst quälst. Nichts hier versucht dich umzubringen."

„Unsinn! Diese Dinger sind hinter mir her! Sie wollen mich umbringen, um jeden Preis sogar! Sie sind monströs und lassen sich einfach nicht aufhalten! Sie kommen wieder näher, und ich brauche Hilfe, ich kann es nicht alleine schaffen!"

Mittlerweile schrie ich, ohne dass ich es selbst wahrnahm. Mein Körper fühlte sich wie gelähmt, doch mein Gesicht brannte regelrecht vor Aufregung.

Die Vergangenheit zehrte an mir. Judith war nicht tot gewesen und doch war ich einfach gegangen. Meine Gedanken überschlugen sich, Bilder von damals, vom Unfall, tauchten wieder vor meinem inneren Auge wieder auf. Die Brandwunden waren stark gewesen, niemand wusste, wie lange sie im Koma liegen würde. Also bin ich gegangen, geflüchtet. Einfach so, ohne auch nur ein einziges Mal zurück zu blicken.

„Ein erster Schritt, die Einsicht. Doch die Schuld ist nicht getilgt, mein Sohn."

Ich hatte so lange, so viele Jahre, so viel Kraft aufgewendet, es zu verdrängen. Doch jedes Mal wenn ich mein altes Leben im Feuer aufgehen sah, wusste ich, was ich getan hatte. Es begann durch das Feuer und musste dadurch enden. Als ich wieder aufsah, war der Priester verschwunden. Er hatte seinen Teil getan. Die Einsicht war gekommen.

Zwei der Mädchen drangen stumm ein. Ihre Gesichter waren ohne Augen oder Münder, doch ich wusste, dass das nicht anhalten würde. Ihre Anklage würde folgen. Eine einzelne brennende Fackel lag nun auf dem Altar. Mittlerweile machte es für mich sogar Sinn. Was in mir seinen Ursprung fand, musste auch von mir gesteuert werden können. Ich griff also nach der brennenden Fackel und ging geradewegs auf die beiden Gestalten zu. Ich hatte keine Angst mehr vor ihnen. Als sie mich hörten, griffen sie sich mit Zeige und Mittelfinger ans Nasenbein, gruben in das Fleisch, dass die Fingernägel laut zerbarsten und rissen die Stelle seitlich nach außen hin aus, so dass zwei blind wirkende Augen versuchten mich zu erfassen. Gedämpfte Schreie erklangen als ich die Erste mit der Fackel ins Gesicht schlug. Sie fiel zu Boden, als ich ihr Kleid in Brand setzte. Schnell rappelte sie sich, panisch um sich schlagend, wieder auf und rannte hinaus.

Der Schrei der anderen traf mich wie ein Schlag ins Gesicht. Der Kopf dröhnte, so tief drang er ein, doch als ich ihre Hände an meinen Schultern spürte, stieß ich sie von mir und versetzte auch ihr einen Schlag mit der Fackel, der sie zu Boden brachte. Der Schrei verstummte. Sie lag dort, bewusstlos. Nach einigem Zögern wagte ich es, ihr Gesicht zu berühren. Es war kalt, wie bei einer Leiche. Ich nahm einen Hautfetzen und riss ihn ab. Darunter war eine zweite Haut. Ich riss mehr Fetzen ab, legte immer mehr das Gesicht darunter frei. Stellenweise war die Haut unversehrt, an anderen war sie durch Brandspuren entstellt.

Sara. Vor mir lag meine tote Tochter, in dem Kleid, mit dem man sie beerdigt hatte. Es war unmöglich, genauso wie der Priester, die Monster, das ewige Feuer, meine einzige Waffe gegen die Schuld. Ich hielt meine Tochter noch in den Armen, als sie zerbröselte, verschwand, genau wie die Fackel. Mein

Körper fühlte sich immer noch taub an. Der Albtraum fand dennoch sein Ende.

Dann schritt Maria herein. Sie war kein Produkt meines kranken Verstandes, das wusste ich. Aber sie war stets zugegen, wenn eine dieser Episoden stattfand, dies wurde mir nun bewusst.

„Du erinnerst dich also endlich?"

Es war überraschend. Der Priester konnte von allem wissen, weil er Teil meiner eigenen wirren Gedankenwelt gewesen war. Seine Manifestation war mir zwar noch nicht erklärlich, aber zumindest die Logik, die sich hinter seinem Konstrukt verbarg konnte ich verstehen. Wieso wusste Maria davon?

Die Frage wurde irrelevant, als ich das Messer in ihrer Hand bemerkte.

„Was zur Hölle willst du mit dem Ding?"

Sie blickte darauf an sich herab, als würde sie selbst sich damit überraschen. Dann stach sie nach mir und ich verdankte es nur meiner Geistesgegenwertigkeit, dass sie mich nur an der Schulter traf. Ich schlug aus einem Reflex heraus nach ihr, traf sie ins Gesicht. Sie fiel mit dem Kopf auf eine der Bänke und es knallte laut. Auf dem nassen Boden lag sie, eine Blutlache breitete sich unter ihr aus.

Bevor ich überlegen konnte, rannte ich bereits durch den Wald, in die Richtung des Hotels. Die Strecke zog sich ins unendliche, doch ich rannte weiter.

Carlston und die Polizistin, an deren Namen ich mich nicht mehr erinnern konnte, standen in der Eingangshalle des Hotels. Carlston drehte sich sofort zu mir um.

„Halt! Bleiben Sie stehen!"

Er schien komplett verwandelt, die Polizistin griff bereits nach ihren Handschellen oder ihrer Waffe. Ich drehte sofort um. Was war geschehen? Glaubten sie, ich hätte Maria umgebracht? Davon konnten sie gar nichts wissen! War dies wieder ein neuer Alptraum? Falls ja, war dies ein besonders erschreckender, weil er tatsächlich äußerst real wirkte.

Ich rannte los, die Antworten konnten warten. Ich versuchte, durch das Dickicht weg vom Hotel zu gelangen. Nicht in die Richtung des Dorfes, sondern tiefer in die Dunkelheit. Die Äste streiften mich und schlugen nach mir, meine Wunde an der Schulter blutete stärker und der Schmerz pochte. Mein Kopf dröhnte, mir war schwindelig und ich stieß mehrfach gegen Äste. Dann traf mich etwas an der Schläfe und hob mich von den Beinen.

In der Finsternis wurde ich wieder wach. Ich hatte mich allmählich daran gewöhnt orientierungslos aufzuwachen und konnte nur noch spöttisch darüber lachen. Mein Kopf schmerzte, genauso wie meine Schulter, doch ich würde es überleben. Ein schneller

Blick um mich herum verriet mir, dass ich mich in kompletter Dunkelheit befand und es nirgends einen Ausweg gab. War ich wieder in einer meiner Wahnvorstellungen gefangen? Doch zu meiner eigenen Überraschung konnte ich mich frei bewegen, ich war nicht angekettet und konnte sogar aufstehen, ohne dass mir schwindlig wurde. Bei dem Schlag, den ich vorhin im Wald kassiert hatte, hätte ich eigentlich etwas anderes erwartet.

Licht flutete auf einen Schlag den Raum. Es kam aus einer Richtung, aus einem kleinen Viereck, das mit Stäben vertikal unterbrochen wurde. Es schien eine Luke gewesen zu sein, die vergittert war. Hatte die Polizistin mich zu packen bekommen und mich in eine Zelle geworfen? Ich schüttelte den Kopf, die Standard-Prozedur in meinem Fall wäre zunächst einmal ein überwachter Aufenthalt im Krankenhaus gewesen. Wer weiß, welchen Schaden ich bei meiner Flucht hätte davon tragen können?

Ein Gesicht erschien hinter den Gitterstäben. Maria! Meine Überraschung konnte ich nur schwer verbergen. Ich hatte sie nicht getötet! Die Erleichterung war leider nicht so groß wie ich sie mir erwartet hatte. Denn obwohl es gut zu wissen war, dass ich kein Mörder und mein Gewissen zumindest in dieser Hinsicht rein war, wusste ich auch, dass sie eine Gefahr darstellte.

„Was willst du? Wohin hast du mich geschleppt? Eigentlich sollte das ganze hier reichen! Ich weiß nicht, wieso du versuchst mich umzubringen, aber du bist ziemlich schlecht darin."

„Keine Sorge, ich habe meine Meinung wieder geändert. Nicht ich werde dich umbringen, sondern du wirst es selbst tun. Ich habe die Dosis dieses Mal so stark erhöht, als dass dich deine eigenen Illusionen in den Wahnsinn treiben werden. Du wirst dafür zahlen, was du mir angetan hast!", erklang es auf der anderen Seite der Tür.

Ich verstand zunächst nicht, was sie meinte. Die Finsternis hinter mir begann sich zu bewegen und ferne Schreie waren bereits zu hören, als ich, beim näheren Betrachten das Gesicht vor mir wiedererkannte, wobei ich nicht wusste, ob diese Erkenntnis was mit den Drogen zu tun hatte oder nicht.

„Judith?"

Sie lächelte nur und verschwand. Die Schreie wurden lauter. Ich musste schnell etwas tun.

„Du kannst mich nicht alleine in dieser Dunkelheit lassen!"

Nichts regte sich. Dank der Öffnung konnte ich jedoch mehr vom Raum sehen. Er schien nicht sonderlich groß zu sein, jedoch war dies nur schwer einzuschätzen, weil die Dunkelheit ihn verschlang. Breit war er auf keinen Fall. Am Boden lag ein längeres

Stück Holz. Ich ertastete es, in halber Erwartung, um was es sich handeln würde.

Eine Fackel. Natürlich.

Das Licht hinter mir verlor an Farbe, als ich mein Feuerzeug darunter hielt. Die Droge schien nach und nach zu wirken, die Dunkelheit schien vor meiner Fackel zu weichen wie ein lebendiges Wesen. Und tatsächlich bildete die Dunkelheit scheinbar Schemen, die dichter waren, als die darum liegende Finsternis. Ich versuchte mir ständig klar zu machen, dass dies nur eine Halluzination sei, doch es half nichts. Für meinen Verstand war all dies real und ich musste es überstehen, nein, überkommen. Also ging ich weiter in die Tiefe, ich musste einen Weg aus dieser Zelle finden.

Ich stolperte über etwas und als ich am Boden tastete, fand ich einen Griff. Ohne zu zögern zog ich daran und hob damit eine Klappe an. Eine Falltür, die über eine Treppe weiter in die Dunkelheit hinab führte, befand sich dort. Mir blieb nichts anderes übrig, als hinab zu steigen, denn es gab keinen anderen Ausgang. Wo auch immer diese Stufen hinführten, ich musste dorthin. Der Ausgang könnte sich irgendwo dort befinden, egal welche Gefahren dort lauerten.

Meine Schritte und die Schreie hallten. Es handelte sich um ein unterirdisches Gewölbe, eine Art Mausoleum, und ich hatte keine Ahnung, wie weit es sich erstrecken würde. Die Mauern bestanden aus antik wirkenden Ziegeln, die im feuchten Widerschein meiner Fackel glänzten. Ich ging tiefer in die Finsternis hinein, ohne dabei Furcht zu empfinden. Die Schreie konnten mir nichts mehr anhaben. Hände und Arme formten sich aus der alten Ziegelwand heraus, bewegten sich wie in Zeitlupe und griffen nach mir. Ohne darüber nachzudenken, hielt ich ihnen die Fackel entgegen und die gierigen Hände wichen geräuschlos zurück. Sie fürchteten das Feuer, das Licht und die Hitze. Deshalb konnten sie mir nichts anhaben. Ohne zu zögern schritt ich weiter.

Nach einigen Minuten gelangte ich in einen kreisförmigen Raum, der mir bekannt vorkam. Erst als ich nach oben blickte, wusste ich, woher. Es war der Brunnen! Hatte ich diesen Weg schon einmal hinter mich gebracht, und das Erlebnis teilweise vergessen? Der Mond verdrängte die Finsternis weiter und die Droge schien ihren Effekt immer stärker zu verlieren. Hatte sich mein Körper etwa so weit daran gewöhnt, dass die Halluzinationen nicht mehr so gefährlich wirkten? Marias Plan war kläglich gescheitert. Judiths Plan war gescheitert. Wollte sie wirklich meinen Tod, oder wollte sie mich nur leiden sehen?

Es fehlten teilweise Ziegel in der Wand, dahinter ragte Erde heraus. Es ergaben sich beinahe perfekte Griffmöglichkeiten, weshalb es kein wesentliches Problem darstellte, aus dem Abgrund heraus zu klettern. Die Fackel ließ ich dabei zurück, sie würde beim Aufstieg nur stören. Das Licht des Mondes genügte mir, um auszumachen, welche Bewegung mich als nächstes weiterbringen würde.

Wie neugeboren fühlte ich mich, als ich draußen auf sicherem Boden stand. Die Schmerzen schienen wie gänzlich verschwunden. Ich atmete durch, die Luft war absonderlich frisch. Die Droge war abgeklungen, in der Finsternis regte sich nichts mehr. Einige Schritte ging ich, bevor mich neuer, absurd starker Schmerz im linken Oberschenkel traf und ich zu Boden viel.

Judith stand hinter mir mit dem Messer. Sie hatte mich hinterrücks angegriffen. Ich stöhnte, denn das Bein schmerzte fast unerträglich. Sie schüttelte wirr den Kopf.

„Wieso bringt dich deine Schuld nicht um?"

Ich versuchte vor ihr weg zu kriechen, doch jetzt waren auch die Kopf- und Schulterschmerzen wieder da, und lähmten mich geradezu. Ich musste irgendwie Zeit schinden oder sie zu einem wesentlichen Fehler provozieren.

„Die Droge ist wirkungslos! Du hast sie mir zu oft eingeflößt, du verdammte Amateurin!", brachte ich unter Schmerzen hervor.

Sie schüttelte wieder den Kopf.

„Das ist das erste Mal, dass es so läuft. Aber was soll es, ich werde dich dann eben selbst töten. Ich habe dich ja lange genug gesucht. Deine Taktik ging anfangs sehr gut auf, ich war immer Wochen oder sogar Monate zu spät um dich noch zu erwischen. Ich klapperte zusehends diese typischen Orte ab, heuerte sogar einen Detektiv an!"

Sie blickte zum Mond, atmete laut durch die Nase ein.

„Nevrille passt besonders gut in dein Schema und es ist einer der wenigen Orte hier, die du noch nicht abgegrast hast. Erzähl mir, wie lange wolltest du das noch tun? Bis an dein Lebensende? Oder wenigstens, bis dein Vermögen komplett aufgebraucht ist?", fragte sie mit wirrer Stimme.

Ich versuchte weiterhin, mich von ihr weg zu bewegen, doch es wollte mir einfach nicht gelingen. In einer gewissen Entfernung konnte ich Lichter im Wald aufblitzen sehen. Taschenlampen?

„Hör zu, Judith! Es tut mir Leid, wirklich, ich wollte nichts von all dem. Ich war einfach verwirrt und hatte Angst. Als ich dich im Krankenhaus dort liegen sah und die Ärzte dir so geringe Chancen gaben. Und nachdem Sara tot war, wollte ich nicht noch einen Verlust hinnehmen. Ich musste einfach weglaufen. Ich konnte mich dem nicht stellen..."

„Deshalb wirst du dich jetzt stellen müssen! Ich bin alleine aufgewacht, du warst nirgends, niemand war da um mir zu helfen. Dann der Tod meiner Tochter, für den du verantwortlich bist! Mein Gesicht, so sehr durch plastische Chirurgie verändert, dass ich jeden Morgen einer komplett fremden Person im Spiegel ins Gesicht blicken musste. Weißt du, wie das ist, wenn du aufwachst und nicht mehr weißt, wer du eigentlich bist und ob diese Realität überhaupt real ist, und nicht eine Einbildung, eine Art Vorhölle? Deshalb habe ich dich gesucht, du solltest es auch erleben und daran zu Grunde gehen! Doch was geschieht? Natürlich schaffst du es, dich dagegen zu wehren! Wieso sollte die Geschichte auch anders verlaufen? Aber keine Sorge, ich hab dir ein passendes Ende vorbereitet!"

Mit diesen Worten ließ sie das Messer wieder auf mich zu schnellen. Ich versuchte mich zur Seite zu drehen, doch die Klinge drang trotzdem in meine Rechte Schulter ein, die sobald anfing zu bluten. Ich schrie auf, die Schmerzen stellten alles in den Hintergrund, was ich bisher über mich ergehen habe lassen. „Das hier ist mein Ende!", schoss es mir durch den Kopf.

„Sie sind dort drüben, beim alten Brunnen!", hörte ich eine Stimme hinter ihr rufen. Sie blickte hinter sich und meine Reaktion folgte blitzschnell. Mit dem Quäntchen Kraft meines linken Armes schlug ich ihr das Messer aus der Hand. Sie schrie kurz auf und griff mit ihrer Linken nach meinem Hals. Die Kraft wich mir aus den Gliedern. Nach einigem panischen Suchen fand sie das Messer mit der anderen Hand wieder.

„Lass uns das hier beenden!"

Sie hob wieder das Messer.

„Halt!"

Die Klinge schnellte auf mich zu. Ein lauter Knall. Ein Schuss hatte sich gelöst. Sie schrie, ließ das Messer fallen und griff sich an die Schulter. Ihr Gesicht war von Schmerz verzerrt, keine Spur mehr von Maria oder Judith war mehr zu finden. Die Angst und die Tatsache, dass ich wieder frei atmen konnte, gab mir meine Kraft zurück und ich schaffte es, trotz der akuten Schmerzen mich etwas von ihr weg zu schieben. Sie versuchte wegzulaufen, doch Carlston bekam sie zu packen und drängte sie zu Boden. Selbst eine Irre scheint angeschossen an Kraft zu verlieren. Die Polizistin kniete neben mir, presste auf meine Wunde und sprach etwas in ihr Funkgerät hinein. Ihre Worte verschwammen, mir wurde akut übel.

„Von dem Zeug wird mir immer übel!"

Ich sah auf von meiner Schüssel mit dem schwer identifizierbaren Essen. Jeffrey Carlston stand in einem makellosen Anzug in der Tür zu meinem Zimmer.

„Wer mag schon das Essen in Krankenhäusern", erläuterte ich mit heiserer Stimme und schaufelte das geschmacklose Etwas in meinen Mund.

„Es scheint dir besser zu gehen. Nochmal, es tut mir Leid wegen des Missverständnisses. Wir hätten dir nicht einfach so nach hetzen dürfen, solange du unter Drogen standest."

Ich musste lächeln. Eigentlich wollten die beiden mich beschützen. Das hatte ich relativ schnell herausgefunden, nachdem ich im Krankenhaus aufgewacht war. Carlston war Privatdetektiv, der Detektiv, um genauer zu sein, der von meiner Ex-Frau angeheuert wurde, um mich zu finden. Doch sobald er herausfand, was sie mit mir vor hatte, versuchte er mich, so gut es ging, zu schützen.

„Ich glaube unterm Strich zählt, was heraus kommt", stellte ich fest.

Er nickte zustimmend.

„Du wirst heute entlassen, richtig? Ich kenne da jemanden, der sich nicht so glücklich schätzen darf", meinte er daraufhin.

„Sie ist deine Klientin, was wirst du jetzt tun?", fragte ich mit ein wenig Sorge.

„Oh, den Großteil des Honorars hat sie im Voraus bezahlt, da mache ich mir weniger Sorgen. Aber eine ganz andere Frage: Was wirst du jetzt eigentlich mit deinem Leben anfangen?"

Eine gute Frage.

Danksagungen

Ich möchte hier die Gelegenheit nutzen, um einigen Personen, die mir bei der Entstehung dieses Buches geholfen haben, zu danken. Hiermit danke ich Steve Schmit, Patrick Versall, Sarah Sweers, Myriam Grandgenet, Daniel Oly und Jerry Weyer. Natürlich danke ich auch gerne meinen Lesern, denen „Die Einsicht" hoffentlich gut gefallen hat. Wer gerne mit mir in Kontakt treten möchte, der kann dies gerne über meinen Blog unter www.svenwohl.com oder über die Facebook-Gruppe von die Einsicht, die unter https://www.facebook.com/DieEinsicht zu erreichen ist, tun.